NHK連続テレビ小説

エール

下

原案 林宏司

作 清水友佳子・嶋田うれ葉・吉田照幸

ノベライズ 中川千英子

NHK出版

NHK連続テレビ小説

エール

下

目次

装丁　平原史朗
カバー写真提供　ＮＨＫ
カバー写真撮影　西村　康

第14章 弟子がやって来た！

昭和十一（一九三六）年初夏。古山裕一《こやまゆういち》は、弟子入りしたいとやって来た青年を居間に招き入れ、妻の音《おと》、友人で歌手の佐藤久志《さとうひさし》も交えて話を聞いた。

渡された経歴書によると、彼の名は田ノ上五郎《たのうえごろう》。茨城県出身の二十一歳。五人兄弟の末っ子で、最終学歴は尋常小学校卒業だという。

「君、ご奉公に出てたのかい」

「はいっ。十三から水戸の雑穀問屋に出ておりました」

五郎が答えると、今度は久志が尋ねた。

「君、作曲家になりたいんだよね？　これまでどんな曲を作ってきたんだい」

「ないです！」

音楽を正式に学んだ経験はなく、日本を代表する作曲家・小山田耕三《おやまだこうぞう》の著書『作曲入門』を繰り返し読み続けてきたという。

「僕と一緒だね」

裕一の言葉に感激し、五郎は熱い思いを語り始めた。

「いつか僕《ぼく》も、先生のように作曲で身を立てたいと思いまして――敬愛する古山先生のご指導をぜひ賜りたく！　こうしてお願いに上がりました。『船頭可愛《かわ》いや』、最高でした。『福島行進曲』は、泣きました。奉公先にはいっぺえレコードがありましたが、先生の曲がいちばん心にしみました。奉公のつらさを救ってくれたのは、先生の歌のおかげです。どうか弟子にしてください」

裕一と音は書斎に移動し、どうしたものかと話し合った。


相談を終えて居間に戻ると、裕一は五郎にこう告げた。

「うちはまだ、お弟子さんを預かれるような身分ではないんだ。小さい子もいて、毎日バタバタしてるし」

「……分かりました」

肩を落として五郎は去っていった。


ところがその後も、五郎は連日、古山家に現れた。

「諦めきれずにまた来てしまいました！　お願いします！」

そのたびに音が玄関で断るのだが、五郎は諦めない。野宿しているとのことで、日に日に身なりはみすぼらしくなり、体から強烈な臭いがし始めた。

十四日目、ついにその臭いは玄関から居間まで届いてきた。根負けした音に代わって裕一が出ていくと、五郎はボロボロに破れたシャツを着て立っていた。なんと野犬に襲われたのだという。

「……とりあえずお風呂で体をきれいにしてきて。話はそれからにしよう」

「はい！」

風呂場で五郎が上機嫌で『船頭可愛いや』を歌っている間に、もう一人来客があった。豊橋《とよはし》から上京してきた、音の妹の関内梅《せきうちうめ》だ。


その後、裕一は書斎で五郎と、音は居間で梅と話をした。

「どうして僕なの？」

裕一が問うと、五郎はずだ袋から手書きの古い譜面を数枚取り出し、渡してきた。

「全部、僕の歌だ」

「レコードを聴いて、書いたもんです」

見れば、どれも正確に書き取られている。

「君は、とてもいい耳をしてる。家族や、ご奉公先の方は、賛成なの？」

「家族は、みんな、ちりぢりです。奉公先からは、逃げてきました」

ずいぶん過酷な人生を歩んできたらしいと分かり、裕一は黙り込んだ。

「僕、飯食いませんっ。その辺の葉っぱ、食いますから！　部屋も布団も要りません！　庭で寝ます。野犬がいないので安らかに寝られます。早くに親に売られた僕には、ずっと居場所がありませんでした。先生のそばに置いてください。一生懸命やります。どうか、お願いします」

懸命な言葉に、裕一の気持ちが動いた。

「五郎君。君を弟子にする」

「先生！」

感極まった五郎が裕一に抱きついたところで扉が開き、音が駆け込んできた。

「待って!!」


裕一は寝室に行って音の話を聞いた。梅は自作の小説が「文芸ノ友新人賞」に選ばれ、授賞式に出るために上京してきたのだという。

「それはうれしいけど、その後もうちで執筆活動するって言ってるの」

「うちで!?　五郎君の弟子入り、許可しちゃったよ」

「よりにもよって、同じ時期に……」

年頃の二人が一つ屋根の下に暮らすのは問題ではないか？　そんな不安もあったが、熱血漢の五郎と冷静沈着な梅の間に何かが起きるとも思えず、裕一たちは二人とも受け入れようと決めた。


梅は二階の空いていた部屋を使うことになり、執筆に励み始めた。一か月後には、受賞作に続く二作目を書き上げなくてはならない。しかし、全く筆が進まず悩んでいた。

五郎は、譜面の清書などの手伝いをしながら裕一に作曲を教わることになった。持ち前の愛嬌《あいきょう》で、古山家の一人娘・華《はな》に気に入られた五郎は、作曲家の弟子というより子守役として古山家になじんでいった。


ある日、梅は音から、華が昼食前に饅頭《まんじゅう》を食べないように見張ってほしいと頼まれた。だが華は、音がいなくなったとたんに饅頭をほおばろうとする。

「食事のあとって言われたでしょう」

「今食べたいの」

そこに五郎が現れた。

「華さん、お饅頭を懸けて、にらめっこしましょうか！　笑ったらだめよ、あっぷっぷ！」

五郎のおかしな顔を見て華は噴き出し、負けを認めて饅頭を手渡した。

「じゃあこれは、ごはんのあとに召し上がってください」

「はーい！」

素直に答えて華が立ち去ると、五郎は梅に助言をした。

「ああいうときは、うまく興味をそらしてあげるといいですよ」

「……私、子守じゃないから」

「ほら、その顔！　子どもが怖がっちゃいます」

「もともと、こういう顔です！」


夕方、梅が原稿用紙を前に頭を悩ませていると、書斎から華と五郎の声が聞こえてきた。

「ハイヤーハイヤー」

「ヒヒーンヒヒーン」

五郎が華を背中に乗せて、お馬さんごっこをしているのだ。

いらだちを抑えきれず、梅は書斎に乗り込んでいった。

「うるさ――い」

「すいません……」

あまりの剣幕《けんまく》に五郎は小さくなり、華は「うわ――ん」と泣きだした。


その晩、音は帰宅した裕一に、五郎と梅が衝突していると報告した。

「そうか……程よい距離感を期待してたんだけど。どうする？」

「まず話す機会を作ることね。お互いを知らないと始まらないし」

「それじゃあ、五郎君の歓迎会開こうか。みんな呼んで」

音も賛成し、歓迎会は、小学校の頃に〝乃木《のぎ》大将〟とあだ名されていた裕一の幼なじみ・村野《むらの》鉄男《てつお》のおでん屋で開くことになった。

裕一、音、梅、五郎がそろい、鉄男も交えて乾杯した。裕一は、梅と五郎に話をさせようと立ち回ってみたが、この手のことには疎く、全くうまくいかない。

そこに久志がやって来た。

「ごめんごめん、途中で昔の知り合いに会っ……んっ！」

久志の視線はしっかりと梅を捉えていた。

「はじめまして。コロンブス、期待の超大型新人スター歌手、佐藤久志です！」

勢いに押され、梅は戸惑い気味に返事をした。

「……はじめまして」

「久志！　今日は二人の歓迎会なんだ。五郎君を弟子にすることにした」

だが久志は五郎には何の興味も示さず、梅のそばに張り付いている。

「僕はね、常日頃から思っていたんだ。昭和の時代は、女性がどんどん活躍するべきだって。ところで、君、東京は初めてかい？　僕が案内してあげよう」

甘い声で言って久志はウインクした。幾多の女性のハートを射ぬいてきた必殺技だが、梅には全く効果がなかった。

「目にごみでも入ったんですか？」

ところが、久志はかえって気持ちに火がついたらしく、裕一のそばに来てささやいた。

「梅さん……いいねえ」


文芸ノ友新人賞授賞式の日、梅は出版社で賞状を受け取り、役員や記者たちを前に挨拶した。

「……作家になることを夢見て、女学生のときからずっとこの賞に応募し続けてきました。お選びくださり、本当にありがとうございました」

会場の隅では五郎が八ミリカメラで梅の晴れ姿を撮影している。裕一に撮影係を任されたのだ。

そこに、派手な身なりの女性が大きな花束を抱えて現れた。

「これはこれは、幸《みゆき》先生」

出版社の面々に丁重に迎えられたのは、女流作家の幸文子《あやこ》だ。

「関内さん。このたびは、受賞、誠におめでとうございます」

「ありがとうございます！」

花束を受け取って、梅は遠慮がちに尋ねた。

「あの……私のこと覚えてますか!?　小学生のとき、一緒に本を読んだ――」

「……ええ、覚えてるわ」

「幸文子」はペンネームで、梅は幼い頃、彼女を「結《ゆい》ちゃん」と呼んでいた。文子は梅から読書の楽しさを教わったことをきっかけに作家として才能を開花させ、わずか十六歳で文芸ノ友新人賞を受賞して、すでに十冊の小説を出版している。

梅に握手を求めてきた文子は、笑顔を浮かべながら梅の手に爪を食い込ませた。

「私はいいと思わない。……この場所を譲るつもりないから」

「結ちゃん……」

「その名前は捨てたの。二度と呼ばないで」

にぎわう会場内で、梅たちの異変に気付いているのは五郎だけだ。

「お話し中すみません。今度、うちの雑誌でお二人の対談を組みたいのですが」

記者に声をかけられ、文子が即答する。

「喜んで。あなたもいいわよね？」

決めつけられると梅はうなずくしかない。目立つのは苦手なので写真撮影を断ろうとしたが、出版社の役員が許してくれなかった。

「写真を嫌がっては困ります。あなたはかわいいことも売りの一つですから」

心配そうに梅を見ている五郎の背後では、記者たちが噂《うわさ》話を始めた。

「文子さんも最近落ち目だから。潰しにかかるぞ、あの人」

「女の嫉妬は怖《こえ》え」

撮影が済み、梅は会場から出ていこうとした。その拍子に下駄《げた》の鼻緒が切れて転ぶと、文子があざ笑った。

「笑うな」

突然、五郎が声を上げた。梅は、五郎のいつもとは違う男らしい姿に、一瞬だけ胸の鼓動が早まるのを感じた。

駆け寄る五郎に、梅が言い放つ。

「近づかんで！」

下駄を手に取り、梅は足早に立ち去った。

五郎の作曲家修業は順調とは言えなかった。天才肌の裕一は一度頭にメロディーが浮かぶと、あっという間に曲を書き上げてしまう。その様を目の当たりにして、五郎は驚愕《きょうがく》した。

「すごい……コツは何ですか？」

「頭じゃなく心で感じることかな……」

早速試してみると、なんと五郎もメロディーが思い浮かんだ。興奮しながら譜面を書き、裕一に渡すと、あっさり言われた。

「あ、これ、『赤城《あかぎ》の子守歌』そっくりだ」

何度試しても結果は同じだった。五郎が裕一をまねようとすると、新たなメロディーではなく、記憶の中にある曲が思い浮かんでしまう。

裕一は、どうしたものかと音に相談をした。

「……教えるって難しい」

「んー、五郎ちゃんといい、梅といい……」

「梅ちゃん、どうかしたの？」

「久志さんとデートしてるみたい」

「え――！　なんで？　あの梅ちゃんが、久志と？」

この日、銀座《ぎんざ》のレストランで二人が食事をしているところを、女性歌手の藤丸《ふじまる》が偶然見かけ、音に知らせに来ていた。

「まさか、結婚とかないよね。久志が義弟《おとうと》とか嫌だからね」

「……濃すぎるね」


梅が帰宅すると、音が玄関に駆け出てきた。

「あんた、デートしとった？」

「うん、久志さんにオムライスごちそうになった」

「どういうつもり？　真剣なの？」

「やめてよ～。ただ食事に誘われたから行っただけ」

「ふだんからそうなら言わんけど。どうしたの？」

「……お姉ちゃんさあ、歌手目指しとったでしょう。もしその夢が実現したときに、思い描いとった世界と違ったらどうする？」

「……何《なん》かあったの？」

「ううん、少し失望した。自分が世間知らずだと思った。知らん世界を知ることも大切って思って、デートに行ったの」

言いながら靴を脱いで下駄箱にしまおうとしたとき、梅の手が止まった。授賞式の日に切れた下駄の鼻緒が直っている。

「五郎ちゃんが、直しといてくれたのよ」

きれいに磨かれた下駄を、梅は黙って見つめた。


この日の晩も、梅は自室で机に向かった。だが原稿は一向に進まない。書斎からは、五郎が弾く卓上ピアノの音が聞こえてくる。そのメロディーは、始まったかと思うとすぐに途絶えてしまう。五郎も、梅と同様、行き詰まっているようだ。

鉛筆の芯が折れて集中力が途切れ、お茶でもいれようと台所に行くと、五郎が顔を洗っていた。その場ではろくに話もしなかったが、梅は五郎の分もお茶をいれて書斎に持っていった。

「お茶、よかったら……」

「すみません！」

「あの、ご迷惑じゃなきゃ、鉛筆、削ってもらってもいい？」

快く引き受けてくれた五郎のそばで、梅はぽつりぽつりと話をした。

「……作曲しとったの？　……何《なん》か悩んどるの？　あなたって、思ったことすぐ口にするのに、自分のことは何《なん》も話さんね」

「……実は、全然書けなくて。やってもやっても、うまくいがないんです。古山先生に申し訳ないです……いつもよくしてくださってんのに」

「裕一さんのこと、本当に尊敬しとるんだね」

「尊敬してもし足りません。売れる音楽を作り続けることが、どんなに大変なことが……そんで、あったかい家族もいで……先生は僕の憧れです。梅さんは、憧れの作家さん、いるんですか？」

「……昔は、あの子を追い越すことが目標だった。授賞式にいた、幸文子って作家……彼女、十六歳であの賞を取ったの。……小学校の頃の同級生なんだ」

「ええっ」

「先越されたときは悔しかった……自分の力のなさに気落ちして、書くのやめようと思った……」

「諦めずに、頑張ったかいがありましたね……」

「死んだお父さんのおかげなの」

父・安隆《やすたか》が〝あの世〟から会いに来てくれたことで、梅はもう一度文学に向き合おうと思えた。

「私は、何《なん》も取り柄ないし、人づきあいも苦手で無愛想だし。つまらん人間なの。だから、文学さえあったらそれでいいやって」

「本当にそう思ってるんですか？　文学だけでいいって、本当にそう思っているんですか」

五郎の素直すぎる言葉が、梅を打ちのめした。何も言い返せず、梅は書斎から立ち去った。

翌日、梅は五郎と顔を合わせても挨拶もしなかった。

五郎は気に病み、夜になって鉄男のおでん屋に行くと、失礼なことを言って梅を怒らせてしまったと裕一に打ち明けた。

「俺はだめだー」

やけになって飲み過ぎて五郎は酔いつぶれ、裕一が背負って連れて帰った。

千鳥足の五郎を裕一と音が書斎に連れていくのを、梅は華と一緒に居間からのぞいていた。

「五郎は、梅のこと好きだよ。間違いない」

華がきっぱりと言い切った。

「だって梅の本、何回も読んでるもん」


夜も更けた頃、梅は書斎に向かった。眠っている五郎のそばに水を置いておこうとすると、『文芸ノ友』が目に留まった。梅の受賞作が載っている号だ。

「梅さん……」

目覚めた五郎がゆっくりと体を起こし、水を飲み干した。そして梅をまっすぐに見つめた。

「僕……梅さんが書いた小説、好きです。特にお父さんが娘の葛藤を知って落ち込むところ、すごく共感できて……どうして梅さんは、こんなにも人の気持ちが分かるんだろうって……感動しました」

黙って聞いている梅に、五郎はしゃべり続ける。

「僕は、だめな人間です……何をやってもうまくいかなくて……藁《わら》にもすがる思いでここへ来たけど……作曲の才能もなくて……居場所なんてどこにもない……。でも梅さんは違う。すばらしい小説を書く才能と……人を慈しむ心がある……。もっと……自分を好きになってください」

言うだけ言うと、五郎はパタリと横になった。

いびきをかきだした五郎を見ていると、自然と梅の顔がほころんだ。


翌日、梅は鉄男のおでん屋に久志を呼び出した。久志は、開店前に仕入れに出かけた鉄男に代わっておでん屋の大将になりきり、梅をもてなしてくれた。

「はい、大根一丁！　で……相談って何。何でも聞くよ」

「ええ……」

「分かった！　僕とのこと、音ちゃんに反対されたんでしょ？　周りなんて気にしないでいい。新しい物語を、これから二人で作っていこう」

「そういうことじゃなくて……。私、二人で会うのは金輪際ちょっと……」

「どうして！」

「……私……変なんです。小説さえ書けたら一生一人でいいと思っとったのに……あの人見とると、胸がこうキュッとなって……気になるってゆうか……ほっとけんってゆうか……」

「梅ちゃん……それは恋だよ」

「恋？　……そっか、恋か……」

「一体、それはどこのどいつ」

「実は……」

「あああ、いい、いい、聞きたくない」

「私、どうしたらいいですか？」

「俺に、聞く⁉」

「久志さん、詳しいんでしょう。経験豊富なんでしょう。ほかの人は頼りにならん。ねえ、どうしたらいいですか？」

「……答えは一つ。ぶつかるんだ。心を裸にして」


帰り道、梅が神社の前を通りかかると、五郎が石段に腰掛けていた。物思いにふけっている五郎に声をかけ、梅も隣に座った。

五郎は、裕一の使いで「コロンブスレコード」に行った帰りだった。ディレクターの廿日市《はつかいち》誉《ほまれ》から、裕一の下で何か学べたのかと問われ、五郎は言葉に詰まったのだという。廿日市は、五郎にこう言い放った。

「この世界、才能だ。一に才能、二に才能、三に才能。技術は身につけられても、才能はそうはいかない。才能がなきゃ、とても飯なんか食っていけねぇぞ」

言われた瞬間、五郎は目の前が真っ暗になった。

梅は、一とおり話を聞いてから五郎に尋ねた。

「……ねぇ、五郎さんって、本気で音楽で身ぃ立てたいの？」

「え……」

「私たちの急務は、ただただ眼前の太陽を追いかけることではなくて、自分らの内に高く太陽を掲げることだ――。島崎藤村《しまざきとうそん》先生の言葉。大事なのは、五郎さんがどう生きたいのかってことだと思う。私だって、自分に才能があるかどうかなんて分からんよ。でも、文学は私の太陽なの。

ひとから才能ないって言われたっていい。五郎さんの太陽って何？」

「それは……」

「大丈夫、五郎さんはだめなんかじゃない。ただのだめな人を好きにならんもん」

「えっ!?」

「私……五郎さんのことが好き」

久志に言われたとおり、梅は裸の心で五郎にぶつかった。そして、そんな自分に驚きハッとした。

「先帰るね！」

絶句している五郎を残して、梅は家路についた。

帰宅して机に向かうと、梅は夢中で原稿を書き続けた。ずっと行き詰まっていたのが嘘《うそ》のようだった。解き放たれた心から、文章があふれ出してきたのだ。


次の日、五郎は裕一に手紙を渡した。弟子を辞めさせてほしいという詫《わ》び状だ。

「この世界は才能がないと生きていけません。努力や気持ちでは、どうにもなりません。先生、僕には才能がないでしょう？」

裕一は小さく、だがしっかりとうなずいた。

「ごめん」

「先生が謝ることではないです。先生のそばにいで骨身にしみました。突然押しかけできた僕を受け入れてくれで、ありがとうございます。子どもの頃に売られで、居場所がない僕にとってこごは、初めて心が安らげる場所でした。音さんにも華ちゃんにも、優しくしていただいで……寂しいです」

「別の道が見つかるまで、ここにいてもいいんだよ」

「だめです！　これ以上、皆さんにご迷惑をおかけできません」

「困ったら、いつでも来てくれよ」

「先生！」

弟子入りを許されたときと同じように、五郎は裕一に抱きついた。

裕一は、去っていく愛《まな》弟子の背中を優しくさすった。


五郎はすでに荷物をまとめており、すぐに古山家を去ることになった。

裕一と音、泣きじゃくる華、そして梅が、玄関で五郎を見送った。

「お世話んなりました」

一礼して五郎は出ていった。裕一たちは奥に戻り、梅が一人、玄関に残った。その頬を一筋の涙が伝った。


梅と文子の対談は、出版社の応接室で行われた。

進行役の記者に問われて、文子は梅の受賞作の感想を述べた。

「透明感があって郷愁を誘うすてきな作品だと思いました。ただ……人間描写としてはもう少し深くてもと感じました」

続いて記者は梅に、文子の最新作を読んだかと尋ねた。

「すばらしい作品です。勉強になりました」

「偽善者。いつもそうやって斜に構える」

鼻で笑う文子に戸惑いながら、記者は梅に今後の展望を尋ねた。

「私は、豊橋に帰ります。豊橋は、私のすべてが詰まった場所です。家族や友人との思い出、潮《しお》騒《さい》、馬の足音。豊橋がいかに大切な場所か、離れて初めて気付かされました。それから……私には掛けがえのない人が出来ました。彼のまっすぐなまなざしは、文学の殻に閉じこもる私を、解放してくれた」

「何言ってるの！　書くものと同じ。中身は少女のまんまね」

「彼は、居場所を探してます。私がその居場所になりたい。自分らしくいられる豊橋に、その人と帰ります」

「東京に来ておじけづいたの？　まあ、無理もないわ。たまにいるのよ。あなたみたいにまぐれで受賞しちゃう人。あー、ばかばかしい。私、帰ります」

席を立った文子を梅が呼び止める。

「結ちゃん！　……結ちゃんは、どうして本を書くの？」

「……くだらない。ほんとにくだらない。なんなの、あんた！　やっと勝ったと思ったのに！また追いついてきて！　今度は勝手に逃げる！　なんなの、私の人生につきまとわないでよ！目障りなのよ！」

その剣幕に、一同は静まり返った。

「っていう怒りかな。書く理由は」

「分かった。ありがとう……」

梅も立ち去ろうとすると、今度は文子が呼びかけてきた。

「あのさあ。この世には何もしなくても注目される人間がいるの。人と比べることをしない人間がいるの。それが、あなた。あなたは最初から何でも持ってる。不公平だと思わない？」

裸の心をぶつけてきた文子に、梅もまっすぐに答えた。

「私は、ずっとあなたに嫉妬していた」

「私に？」

「うん、あなたに」

そして梅は、文子より先に立ち去った。


それから梅は、五郎を捜し回った。当てもないままあちこちを駆け回り、路地裏で寝起きしていた五郎をようやく見つけ出すと、こう問いかけた。

「五郎。あなたは、私のことが好きですか？」

「はい」

「なんであなたは逃げたんですか？　人に殻を破れと言ったんなら、自分の殻に閉じこもらんでください」

「僕には、先生や梅さんのような才能がありません。梅さんにはふさわしくない」

「私は、あなたを必要としています。それについてはどう思いますか？」

「信じられません」

とっさに梅は大声で叫んだ。

「信じろ――！」

すると五郎は素直に答えた。

「はい」

「私、五郎ちゃんの居場所見つけたから。豊橋、私と行こう。ね」

「梅さん……こんな僕に……どうしてそごまで……」

「返事は⁉」

「僕は、あなたのこどを愛しています！」

二人は互いに駆け寄り、しっかりと抱き締め合った。


梅は五郎を連れて帰り、裕一たちに今後の計画を語った。関内家に戻り、梅は小説の執筆を続け、五郎は関内の家業を継ぐべく職人頭の岩城新平《いわきしんぺい》の下で馬具職人の修業をする。結婚は、五郎が岩城に一人前と認められてからと、二人で約束した。

さすがに梅はしっかり者だと、裕一も音も感心した。


夜、梅が原稿を書いていると、華の寝かしつけを終えて五郎がやって来た。

「順調そうな？」

梅の原稿をのぞいて五郎が言う。

「うん、もう推敲《すいこう》に入っとるから、読む？」

「いや、出版されるまで楽しみにしてる」

いざ二人きりになるとてれてしまい、そこで会話が途切れた。

「……私ね、子どものとき、本棚で囲いを作っとったの。自分の領域に誰も入ってほしくなかったの。今でもそれは変わらん。変わらんけど、変わりたいって思っとる。だから徐々に、徐々にお願い」

「うん、まずは、一人前の馬具職人になるために頑張っから」

「馬、得意だしね」

「ヒヒーン、ヒヒーン」

嗚きまねをする五郎を見て、梅は大笑いした。

「あ、そうだ！　久志さんに呼び出されでだんだ。行ってくっかんね」

「うん」

「梅ちゃんは？」

「ややこしくなるから、いい。よろしく言っといて」

五郎と久志は、鉄男のおでん屋で待ち合わせをしていた。

並んで座った二人の前に、鉄男がコップ酒を置く。

「さぁ、どごの酒《さげ》でしょうか！」

梅の気持ちを射止めた五郎と、ふられた久志とが、利き酒で対決しているのだ。

「これは……灘《なだ》！」

一口飲んで久志が言うと、五郎も味を確かめた。

「新潟！」

「当だり！　五郎の勝ぢ！」

またもや敗れた久志は、悔しそうにしていたかと思うと、いきなり五郎の襟首をつかんだ。

「……梅ちゃんのことは君に任せた。絶対に幸せにしろよ」

「……はい。……ありがとうございました！」


五日後、梅と五郎は豊橋に旅立っていった。

静かになった書斎で、裕一は五郎が置いていった譜面を見つけた。苦心して作っていた曲が書かれている。お茶を持ってきた音にも、譜面を見せてみた。

「ふーん、いい曲じゃない」

「そう、よく書けてる。誰の模倣でもない」

「才能って何なんだろうね……」


それから一か月が過ぎた頃、関内家の郵便受けに一冊の本が届いた。梅の二作目の小説だ。無事に出版され、全国で発売される。梅は大切な本を手に取り、しっかりと抱き締めた。

五郎は今日も作業場で、岩城にみっちりと鍛えられている。

第15章 先生のうた

昭和十二（一九三七）年、「日中戦争」が勃発し、日本は次第に戦時体制となっていった。しかし、すぐに国民の生活に大きな影響が出たわけではなく、裕一たちの日常に特別な変化はなかった。

ある日、裕一は、新聞に掲載されている『露営の歌』という詞に目を留めた。出征兵士の思いをつづった作品で、公募の入選作だと書かれていた。

裕一はこの日の朝、出征者が家族や近所の人々の見送りを受けているところを見かけていた。

「……家族を残して戦地に行くって、つらいだろうな」

自分の身に置き換えて言うと、音がうなずいた。

「そうだね。残されたほうも心細いと思う」

詞の内容をかみしめるうちに、裕一の頭にメロディーが浮かんできた。

数日後、裕一がコロンブスレコードに行くと、廿日市がいきなり言った。

「ああ！　もう君でいいや。大至急、作らなきゃいけない曲があるのに、作曲家が誰もつかまらないのよ」

「詞は出来てるんですか？」

「これ。新聞の公募で入選した詞なんだけどさ」

廿日市が見せてきたのは『露営の歌』だった。裕一は驚き、持参した譜面を取り出した。

「新聞で詞を読んでたら、勝手にメロディーが湧いてきて……」

「君もやる気出してきてるじゃない。今の音楽業界は、国威高揚、忠君愛国！　時流には乗ってかないとね」

廿日市は上機嫌で譜面を受け取ったが、目を通すと怪訝《けげん》な顔になった。

「え、短調？　なんで？」

『露営の歌』はレコードのB面になることが決まっていた。A面は明るい曲調の『進軍の歌』で、廿日市は『露営の歌』も同じような曲調になると想定していたのだ。

「……まあ、どうせBだし、時間もないしな。しかたない、これで行こう」

ところが廿日市の秘書の杉山《すぎやま》あかねは、裕一が書いてきた短調の曲を褒めた。

廿日市のなげやりな判断で、裕一の曲の採用が決まった。

「あとは歌い手をどうするかだな……」

「研究生の佐藤久志」

杉山の提案を、廿日市はまたなげやりに受け入れた。

「……ま、いいか。B面だし」

レコード発売後、人々の心を捉えたのは、A面の『進軍の歌』ではなく、B面の『露営の歌』だった。日本中で出征兵士の見送りの際にこの曲が歌われるようになり、レコードの売り上げは数か月で五十万枚を突破した。

するとは廿日市が、菓子折を土産に上機嫌で古山家を訪ねてきた。
「未曽有の大ヒットです！　ま、古山先生はいつか必ずやってくれると思ってましたがね。僕の勘は正しかったな、うん」

コロンブスレコードに所属して以来、ずっと手厳しかった廿日市の変わり身に、裕一と音は苦笑した。
「佐藤久志の起用も当たりだったなー。これまでパッとしなかったけど、今回で一躍、有名歌手の仲間入りだ。あ、そうそう、電話の架設は終わりました？」
「あ、はい！　今日のお昼に、電話屋さん来てくれました」

音が答えると、廿日市は満足そうにうなずいた。
「そりゃよかった。ご存じのとおり、本来なら抽選に当たらないと架設できないんですけどね。この私が！　いろいろ根回しさせていただきましたんで。今後もバンバン書いてもらいますんでね、会社と密に連絡取れる態勢にしとかないと。お願いしますよ、先生！」

昭和十三（一九三八）年春。音と華が帰宅すると、書斎に何やら大きな物が置かれていた。掛けられた布を裕一が取ると、オルガンが現れた。

「えへへ。びっくりした？　音と華にプレゼント。『露営の歌』のヒット記念に、何か贈りたかったんだ。家族みんなで音楽を楽しめるものがいいなと思って」

「うれしい……！　ありがとう！」

「お父さん、ありがとう！」

早速オルガンを弾いてはしゃぐ音と華を見て、裕一は幸せを実感した。


華はオルガンを見てもらいたくて、同級生たちを家に招いた。

音はオルガンで童謡を弾き、子どもたちはそれに合わせて楽しそうに歌った。

これをきっかけに音は、音楽教室を開こうと思いついた。近所の子どもたちを集めて歌を教えるのだ。音が久しぶりに音楽に触れて生き生きしている姿を見て裕一も賛成し、その日のうちに音は生徒募集のポスターを作った。

『音楽教室生徒募集　月謝ナシ　一緒に歌ひませう』

「教室で教える歌も考えたの」

音が曲を書き出した紙を裕一に見せていると、電話が鳴った。

出てみると、姉の関内吟《ぎん》からだった。

「音？　近いうちにそっちに行ってもいい？　裕一さんがいる日を、教えてほしいの」

吟は、関内家に婿入りした夫の智彦《ともひこ》と共に古山家にやって来た。

「本日は、古山さんにお話があって参りました」

軍服姿の智彦に言われ、裕一は居間で話を聞いた。

「私の属する陸軍の馬政課《ばせいか》で、このたび映画を作ることになったんです。《暁に祈る》という題名で、軍馬に対する世間の関心を高めるための作品です。この映画の主題歌を、ぜひ古山さんにお願いしたいんです」

智彦はその映画の資料も持参していた。

「『露営の歌』は本当にすばらしい曲です。古山さんが愛国歌謡の第一人者であることは、誰もが認めるところです」

「いや、そ、そんな……」

「《暁に祈る》でも、ぜひその手腕を発揮していただきたいと思い、お願いに上がりました」

「お声をかけていただき、ありがとうございます……ちなみに、歌詞はもう出来てるんでしょうか」

「いえ。作詞家は現在選定中です」

「……でしたら、作詞家と歌い手を、こちらで指定させていただくことは可能でしょうか」

「大丈夫です。古山さんの好きにしていただいてかまいません。やっていただけますか？」

それならば、ということで裕一はこの話を引き受けた。

裕一と智彦が打ち合わせをしている間、音と吟は台所で昼食の支度をしていた。

「お姉ちゃん、今日はお化粧しとらんね」

「今はお国の非常時なのよ。着飾る暇があったら、やるべきことをやらんと。例えば……婦人会」

吟ににらまれ、音はぎくりとした。

「あんたんとこの分会長さんから聞いたわよ、顔出しとらんって。今度の会合は必ず行きんよ。最近は出征する人も多くて、お見送りも大変なんだから」

「んー……なんか苦手なんだよね……班長さん怖そうだし」

「またそんな、子どもみたいなこと言って」

そこに、華が割って入ってきた。

「お母さんは子どもじゃないよ。大人だよ」

けなげに母をかばう華に吟は返事に窮し、話はそれきりになった。


この日の夕方、裕一は鉄男のおでん屋に行き、《暁に祈る》の件を伝えた。

「久志は引き受けてくれたよ。大将はどうがな」

〝福島三羽ガラス〟で主題歌を作りたいと裕一は考えていた。

「もちろん、やるに決まってんだろ！　ありがどな。よろしく頼む」

意気込む鉄男に、裕一は映画の資料を渡した。

「馬が……あんまし縁ねえげどな……」

「大将なら書けるよ」


それから一週間後、古山家の書斎で音の音楽教室が始まった。生徒は近所に住む小学生の女の子が五人に、男の子が一人だ。

音は、隣の部屋にいる華にも、一緒に歌おうと声をかけた。

「私はいい」

「歌おうよ」

「いいの！」

「……じゃあ、また今度ね」

オルガンの伴奏に合わせて子どもたちが歌いだしたとたんに、音は目を丸くした。一人だけ、とんでもなく音程が外れている子がいる。唯一の男の子、梅根《うめね》弘哉《ひろや》だ。あまりに音痴なので女の子たちは笑いだしたが、佐智子《さちこ》という子だけは困った顔をするだけで笑わなかった。

「ちょっとやめてよー。弘哉君、ひどい音痴！」

遠慮のない言葉をぶつけたのは、シズ子《こ》という子だ。

「大丈夫、大丈夫」

音は弘哉に声をかけ、子どもたちに歌を続けさせた。だが、また弘哉が音程を外し、シズ子たちは大笑いした。弘哉は歌うのをやめ、むすっと黙り込んだ。

練習を終えて帰っていく子どもたちを、音は玄関で見送った。

「弘哉君、また来週ね」

声をかけたが、弘哉は返事をせず玄関を出た。すると佐智子が後を追ってきた。

「弘哉君、来週も来るよね」

「……こんなとこ、ほんとは来たくなかったんだ……でも母ちゃんが、行ってみろってしつこくちょうど帰宅してきた裕一が弘哉たちを見ていたが、二人は気付かず話を続けた。

「そのうち楽しくなるかもよ」

「もういいよ。笑われるだけだし」

「そんなこと言わないで、また一緒にやろう？　ね」

佐智子に愛くるしい笑顔を向けられて、弘哉はときめいた。

そんな二人を、裕一はほほえましい気持ちで見守っていた。


夕飯の席で音は、裕一に弘哉のことを話した。

「弘哉君のお母さんからも、音痴のことは聞いてたんだけどね」

「気長にやったら？　まだ初日なんだし」

「でも、その前にやめちゃうかも」

「いや、彼はやめないと思うよ」

「なんで？」

「ふふふ」


翌日、裕一と鉄男は陸軍馬政課を訪ねた。智彦と上官の武田《たけだ》少佐と対面し、裕一たちはひどく緊張していた。

「こちらが詞の原稿です！」

鉄男が渡した原稿に、武田が目を通す。

「軟弱ですな」

そのひと言で鉄男は一蹴されてしまった。


裕一は、鉄男と一緒におでん屋に戻って励ました。

「書き直しなんて、よくある話だから。僕だって四回ぐらいやり直しになったことあるよ」

「もっと軍馬を際立たせろって言われでもな……」

「大将なら大丈夫。頑張ろ！」


裕一の予言どおり弘哉は音楽教室にやって来た。ところがシズ子たちが、弘哉の歌が下手すぎると文句を言いだした。

「いいかげんにしてよ。きれいな歌が台なし！　こんなんじゃ、歌ってても楽しくない！」

「でもシズ子ちゃんだって、少し音程外れてたよ？」

佐智子が言うと、シズ子はよけいに腹を立てた。

「はあ？　私も音痴だっていうの？」

「ほら、けんかしないの！」

音が場を収めようとしていると、耐えかねた弘哉が叫んだ。

「僕、もうやめます！」

書斎を飛び出していく弘哉を、庭から裕一が見ていた。

裕一は玄関で弘哉を呼び止め、居間に招き入れた。そして新品のハーモニカをプレゼントした。自分のハーモニカも取り出して裕一が吹き始めると、弘哉は聞き入っている。そんな弘哉に、裕一は吹き方を教え始めた。

裕一の指導を受けた弘哉は、音楽教室でみんなの歌に合わせてハーモニカを吹くようになった。弘哉の演奏は女の子たちに大好評だ。

うれしそうな弘哉を見て、音は安堵《あんど》する。

「弘哉君、ほかの曲も練習してきてくれる？」

「はい！」

弘哉がふと庭のほうを見ると、華がいた。この日も華は練習には加わらず、庭で遊んでいる。弘哉と目が合うと、華はすぐに視線をそらした。弘哉は、そんな華の態度が気にかかった。

次の音楽教室の日、裕一は弘哉にハーモニカの教本をプレゼントした。

「これ、僕も子どものときに読んだんだ。すごく分かりやすいから」

「ありがとうございます！　いっぱい練習して、母ちゃんにも聞かせてやります」

そこに華が通りかかり、音が声をかけた。

「華、台所におやつあるよ。今日は焼き芋」

「やったー」

華は喜んで台所へ駆けていった。

裕一は、華が音楽教室に参加していないことが気になっていた。

「そんなに嫌なのか……」

するると、弘哉が首を横に振った。

「……嫌なわけじゃ、ないと思います」

前回の教室のあと、弘哉は庭で華と話をした。華は「お母さんは華のお母さんなのに……」と言ったという。音楽が嫌いなわけではなく、母を皆に取られたような気がしていたのだ。

「弘哉君、教えてくれてありがとう」

裕一が礼を言っていると、弘哉の母のトキコが、弘哉を迎えに来た。


弘哉と裕一がハーモニカの練習を始めたので、音とトキコは居間でお茶を飲みながら話をした。

「母子二人暮らしで、弘哉には寂しい思いをさせてきましたけど、ハーモニカをやるようになってから、あの子、よく笑うようになったんです。音楽の力ってすごいんですね」

「少しでもお役に立ててるならうれしいです」

「あの子、家でも裕一さんの話をよくしてくれるんです。ハーモニカがうまくて優しくて、とっても話しやすいって。弘哉はもしかしたら、裕一さんに父親の影を見ているのかもしれませんね」

「……あの、よかったらこのあと、お夕飯一緒にどうですか。にぎやかなほうが楽しいし。食べてってください、ね！」

トキコは、音の誘いを遠慮がちに受け入れた。

鉄男はこれまで、《暁に祈る》の主題歌の歌詞を五回も武田に提出し、そのたびに突き返されていた。

おでん屋の仕事の合間にもノートを手に頭を悩ませていると、二人の常連客が、陸軍の徐州《じょしゅう》陥落を報じる号外を見て盛り上がり始めた。

「このまま連戦連勝だ！」

「戦争するからには、勝たなきゃ意味ねえもんな」

すると、一人で静かに飲んでいた客が口を挟んだ。

「何分かったような口利いてんだか。あんたら、戦場がどんなところか知ってて言ってんのか」

「てめえ、何様だ、こら」

けんかになりかけたところに、鉄男が慌てて止めに入った。いきりたっていた常連客は、食ってかかった相手に片腕がないことに気付いてひるみ、連れに引っ張られて帰っていった。

残った男は鉄男に謝り、再び飲み始めた。

「……負傷して、除隊したんだ」

「……それは、ご苦労《ぐろう》さまです……」

「地獄だよ、戦場は。心を殺さないとやってらんねえ」

《暁に祈る》の歌詞の六度目の提出の際も、裕一は鉄男に同行し、陸軍の応接室では武田と智彦が応対した。

武田は、原稿を読み終えるとテーブルに投げ置く。

「話になりませんな。あなたは根本が理解できていない。軍馬への関心を高めることも、国民の戦意高揚の一つです」

鉄男は、武田の言葉を黙って聞いていた。

「もう結構です。この仕事は別の作詞家に頼みます」

裕一は慌てたが、鉄男はあっさりと受け入れて出ていってしまう。

「古山さん、ほかにどなたか、よい作詞家を紹介してもらえませんか」

武田はそう頼んできたが、裕一はできないと答えた。

「彼が書かせてもらえないなら、ぼ、僕もやめます……！」


その後、音は吟に喫茶店「バンブー」に呼び出された。何としても裕一に《暁に祈る》の作曲をしてほしいという智彦の願いを、吟から音に伝えるためだった。智彦は、このままでは上官に裕一を推薦した自分の立場がないと、吟にいらだちをぶつけていた。

だが音は、裕一の仕事に口を挟むことはできないと答える。裕一からは、三羽ガラスでやらせてもらう約束だったのだから、鉄男がいなければ意味がないと聞かされていた。

「そこを何とかしてって頼んどるんでしょう。あんたからうまく説得してよ」

「お義兄《にい》さんと裕一さんが直接話し合えばいいでしょう」

「自分は関わりたくないってことね。……みんな自分のことばっかよね……あんたは婦人会にも行かんし。少しは、お国のためになることしたらどう？　こんなご時世に音楽教室なんて、何の役にも立たんでしょう」

音は怒りをこらえ、努めて冷静に答えた。

「うちの教室の子どもたち、合奏するうちにみんな仲よくなって、すごくいい顔するようになったの。こんな時代にこそ、音楽が必要なんだよ」

「……もういい。帰る」

言い捨てて、吟はバンブーを後にした。


後日、智彦が武田からの伝言を預かって古山家に来た。

「もう一度だけ、村野さんの歌詞を拝見するとのことです。彼が一緒なら、古山さん、曲書いていただけるんですよね」

「ええ、それは……そういうお約束ですし……」

「あなたに書いていただかないと困るんです。お願いします！」

智彦の必死な様子に、裕一はけおされた。

裕一はおでん屋に行き、武田がもう一度チャンスをくれたことを鉄男に伝えた。だが鉄男は、もう関わるつもりはないと、にべもない。

困った裕一は、帰宅後、音に相談をした。

「大将、いろいろ悩んじゃって、本領を発揮できてないだけなんだ」

「いったん、頭の中空っぽにして、一から仕切り直せるといいのにね」

その言葉がヒントになり、裕一は鉄男を連れて福島に帰省することにした。自分たちの原点である故郷に帰れば、鉄男の気分も変わるだろうと考えたのだ。

早速、裕一と鉄男は福島に向かった。裕一の実家「喜多一《きたいち》」に行くと、どういうわけか久志がいて、近所の主婦たちに囲まれサインをしていた。

「裕一、お帰り」

母親のまさが真っ先に裕一に気付き、主婦たちも裕一の帰宅を喜んだ。

「あー、裕ちゃん！　久しぶり。裕ちゃん帰ってくるって聞いでサインもらいに来たら、歌手の佐藤さんいだもんで、もうびっくりだわい」

「なんでいんの？」

裕一が尋ねると、久志は当然だと言いたげな顔で答えた。

「僕だって三羽ガラスの一員だからね。仲間外れにしようったってそうはいかないよ」

居間で三羽ガラスがお茶を飲んでいると、裕一の弟・浩二《こうじ》が顔を見せた。

「よがったな。『露営の歌《うだ》』。近所がら、兄さんは町の誇《ほご》りだって言われで、母さんもうれしそうにしてるよ」

浩二は仕事が忙しいようで出かけていったが、しばらくすると、懐かしい人が裕一たちを訪ねてきた。小学校時代の恩師・藤堂清晴《とうどうきよはる》だ。裕一が、遊びに来てほしいと招いていた。

「よう。みんな元気そうだな」

妻の昌子《しょうこ》と息子の憲太《けんた》を連れて藤堂が現れると、三羽ガラスはそろって笑顔になった。

まさは皆をもてなそうと台所に籠もって夕飯の支度を始め、久志はかいがいしくまさを手伝った。

裕一は庭で、憲太の遊び相手をしながら昌子と話をした。

「小学生のとき、藤堂先生がハーモニカ薦めてくれなければ、僕の人生は全然違うものになってたど思います」

「そうね……私も、子どもに音楽教えでるあの人が、いぢばん好きなんだげどね……」

鉄男は、藤堂と二人で神社に行き、話をしていた。

「先生、すみませんでした。先生が紹介してくれだ新聞社、相談もせずに辞めでしまって……」

「そんなの気にするな。好きなことをやればいいんだ」

「……こんな自分が、道踏み外さず何とが生ぎでこられだのも、先生のおがげです」

「……で？　どうした」

「え？」

「いや。なんか話を聞いてやってほしいって、古山が」

福島に行こうと裕一が誘ってきたのは、このためだったのかと鉄男は気付いた。

「陸軍がら受げだ仕事で……六回連続不採用、あげぐの果でにクビになりました。愛馬精神とが……戦意高揚って言われでも……どしても、気持ぢ乗せらんなくて」

「……俺さ、『福島行進曲』好きなんだよ。あれってたった一人のことを思って、自分の気持ちをつづった歌詞だろう」

「はい……そうです」

「誰か一人に向けて書かれた歌って、不思議と多くの人の心に刺さるもんだよな。今度は、俺のことを思って書いてみてくれないか？」

意外そうな顔の鉄男に、藤堂は言い添えた。

「実は、出征することになったんだ」

「え……」

「うちの父は軍人でね。若いときには反発してたが、自分も親になってみて、親父《おやじ》の気持ちが分かるようになった。お国のために、立派に役目を果たしてくるよ。歌って、心の支えになるだろ？　誰にでも、自分にとって大切な一曲があるもんだ。もし、村野と古山が作った曲と共に行けたら、こんなに心強いことはない」

同じ頃、裕一も昌子の口から、藤堂が出征することを聞かされていた。


夕飯の席では三羽ガラスと藤堂一家、まさが共に食卓を囲み、話に花が咲いた。

「みんなとは、楽しい思い出ばっかりだ。本当に、幸せな教師生活だったよ」

「そんな、先生辞めるみたいな言い方しないでくださいよ」

屈託なく久志が笑うと、裕一と鉄男の顔がこわばった。二人の表情と、黙り込んだ藤堂を見て、久志はその意味を察した。

その晩、三羽ガラスは裕一の部屋で床を並べて横になった。三人ともすぐには眠れず、久志が不意につぶやいた。

「先生ほど、教師が向いている人はいないのにね。僕は、歌う楽しさを教えてもらった……」

すると、鉄男も口を開いた。

「俺は、詞を諦《あきら》めんなって、背中押してもらった」

裕一にとっても、藤堂は人生を変えてくれた人だ。

「僕は……得意なもんを見つけてもらった」

三人それぞれに、藤堂との大切な思い出に浸るうちに夜は更けていった。

翌朝早く、裕一が目覚めると、正座をした鉄男が、手にしたノートを見つめていた。

「大将……？　おはよう、早いね」

「……なあ、裕一。俺……もう一回、書いでもいいが」

それから数日後には鉄男は詞を書き上げた。

裕一は智彦に電話をし、武田に詞を読んでもらうべく訪問の約束を取り付けた。

陸軍の応接室を訪ねるのは、これで七度目だ。緊張して待っていると、武田と智彦が入ってきた。

仏頂面の武田に向かって、まずは裕一が口火を切った。

「このたびは、再度の機会を頂き、ありがとうございます。……最初に申し上げておきますと……今回の詞も、武田さんのご要望にはお応えできていないかもしれません。馬という言葉も、一度しか出てきません」

「……じゃあ、なぜ来たんです」

その問いには、鉄男が答えた。

「……今回の歌詞は、恩師に捧げるつもりで書きました。先生はもうすぐ、戦地に行かれます。……奥さんど小さな息子さん残《のこ》して、お国のために旅立ちます。……私はこれまで、戦いに行ぐ人の心というものを想像したごどがありませんでした。ですが今回は、少しでもその心に近づきたいど願いながら……祈りながら、この詞を書きました」

武田は原稿を手に取った。目を通すうちに武田が詞に引き込まれていくのが、はっきりと見てとれた。

七度目にして鉄男の歌詞は採用となり、裕一が曲を書いて『暁に祈る』が出来上がった。その曲を久志が思いを込めて歌い、レコーディングした。

♪ああ、あの顔で　あの声で　　手柄頼むと　妻や子が
ちぎれるほどに　振った旗　　遠い雲間に　また浮かぶ

『暁に祈る』は大ヒットし、福島三羽ガラスの存在を日本中に知らしめた。三人ともすっかり売

れっ子となり、鉄男はおでん屋を畳むことも考え始めていた。

昭和十五（一九四〇）年のある日、新曲の打ち合わせのために裕一と鉄男がバンブーで顔を合わせると、マスターの梶取保《かとりたもつ》が話しかけてきた。

「《暁に祈る》の映画、見てきたよ。それでさ……気のせいかもしれないんだけど、もしかして久志君……」

保が何を言いたいのか、裕一はすぐに分かった。久志は映画《暁に祈る》に、歌う兵士の役でちゃっかり出演しているのだ。

「でも本当にいい曲よね。私、あの歌詞好きよ」

保の妻の恵《めぐみ》に言われ、鉄男はほほえんだ。

「ありがとうございます」

「今や兵隊の見送りといえば『暁』！　だもんなぁ。出征には欠かせない一曲だ」

保のその言葉に、鉄男の顔から笑みが消えた。


同じ頃、吟は自宅に集まった婦人会の面々と共に慰問袋を作っていた。飴《あめ》やチョコレートなどを袋に詰め、戦地にいる兵士たちに送るのだ。

「ねえ、関内さん。『暁に祈る』って、妹さんのご主人が作曲されたんですって？」

会員の一人から尋ねられ、吟は戸惑い気味に答える。

「あぁ……はい……」

「『露営の歌』も作ってるんですってよ。古山裕一さん」

それを聞くと一同は盛り上がり、吟は愛想笑いを浮かべた。

「『露営の歌』も『暁に祈る』も、忠君愛国の精神にあふれるすばらしい曲です。義弟さんはご立派だわ」

そう言ったのは、班長の佐々木克子《ささきかつこ》だ。

「婦人会の曲も、作っていただいたらどうかしら」

そんな声が上がると、克子も同調した。

「あら、いいじゃない。ねえ、関内さん……」

しかし吟は、お茶をいれてくると言って逃げるように席を立った。


それから一年後の昭和十六（一九四一）年冬。

音は、子どもたちのための音楽教室を続けていた。弘哉も変わらずハーモニカを吹き続けており、華は合唱に加わるようになっていた。

ある日のレッスン後、弘哉が音に、発表会を開いてはどうかと提案してきた。

「目標があったほうがやる気も増すと思うんです」

「そうねぇ……うん、じゃあやろうか、発表会！」

音の決断に、生徒たちは喜びの声を上げた。

「音先生も歌ってくれませんか？」

弘哉に言われて、音は驚いた。

「え、私？　発表会で？」

「はい」

ほかの子たちも、音の歌が聞きたいと口々に言っている。

「お母さん。やろうよ」

華もそう言ったが、音は返事ができなかった。

この日の夕飯の席で、音は不安を語った。

「声が出るかどうか……」

「お母さんの歌、聞きたい」

華が言うと、裕一も後に続いた。

「僕も、音の歌が聞きたい」

「……じゃあ頑張ってみるか！」

「やった！　お母さんのお歌、楽しみ」

「楽しみだね。お母さんの歌は、すばらしいんだから」

「お父さん、聞いたことあるの？　ずるい、華も早く聞きたい！」

発表会に思いをはせ、三人は笑みを交わし合った。


それから数日後、昭和十六年十二月に「太平洋戦争」が開戦した。

第16章　不協和音

開戦後、裕一は「ニュース歌謡」の作曲もするようになった。それは戦果を伝える内容を歌にしたもので、ニュースの原稿を基に数時間のうちに作詞・作曲し、ラジオで放送する。裕一は連日、打ち合わせに曲作り、放送時の楽団の指揮と、多忙な日々を過ごしていた。

戦況はといえば、昭和十七（一九四二）年の「ミッドウェー海戦」以降、日本は次第に苦境に立たされた。

昭和十八（一九四三）年、物資が不足し食料の配給も不十分で、古山家も食卓に並ぶおかずがめっきり少なくなっていた。

「またお芋ごはんでごめんね」

謝る音に、華が明るく答える。

「大丈夫。お芋好きだし」

だが食事だけでなく、音の音楽教室にも影響が出ていた。生徒たちが次々に辞めていくのだ。

「習い事をよく思わない親御さんも多いんだろうな」

裕一が言うとおり、音楽教室への風当たりは強くなっていた。

「近所の奥さんにも、チクチク嫌み言われる。発表会も、戦争中に不謹慎だって言われて結局できなかったし」


ラジオ局に通い詰めている裕一は、局内で智彦と顔を合わせた。

「視察で参りました。先生、ご活躍で何よりです」

智彦は、敬意を込めて裕一を「先生」と呼ぶようになっていた。

「お義兄さんもお忙しそうですね」

「早く前線に出られるよう、志願しているところです。それではまた」

智彦が去ると、鉄男がやって来た。話があるからと、裕一が呼び出したのだ。

二人は副調整室で話をした。

「あの人も、ずいぶん偉ぐなったみでぇだな。裕一のおかげが」

部下を二人引き連れていた智彦を、先ほど鉄男も見かけていた。

「僕は関係ないでしょ」

「で？　話って何だ？」

「……久志から電話があった。……召集令状が来たって」

裕一たちは、久志の壮行会を開くことにした。会場となる古山家の書斎で、音が華と一緒に手料理を並べていると、保と恵がやって来た。

「このご時世だから、大したもの持ってこれなかったけど」

申し訳なさそうに恵が言う。

「しかたないですよ。うちもこんなものしか……。そういえば、お店の名前変わりましたね。表の看板に〝竹〟って……」

「敵性語は禁止だからね」

そこに、裕一と鉄男も入ってきた。

「お待たせ。……久志が来たよ……」

久志は軍服をおしゃれに着こなし、優雅なステップを踏んで登場した。

「お待たせしました！　みんな！　今日は僕のためにありがとう！」

こんなときでも久志はスター然とふるまい、皆の前で『露営の歌』を披露する。本来なら送り出す側が歌う曲を、みずから歌い上げてから挨拶をした。

「この曲は、僕が世に出たきっかけの作品です。古山裕一君……それから、福島三羽ガラスの村野鉄男君。みんなのおかげで今の僕がいます」

そう言うと、久志は表情を引き締めた。

「私《わたくし》、佐藤久志は、明日、出征いたします。お国のために、力を尽くしてまいります！」

敬礼する久志を、裕一は言葉もなく見つめていた。

後日、鉄男が古山家を訪ねてきた。

「よう。ちっと話があんだ」

裕一と音は、バンブー改め〝竹〟で話を聞くことにした。三人で店に入っていくと、聞き慣れた声がする。

「へぇ、これって大豆を焙煎《ばいせん》してたんだ。確かに見た目はコーヒーだけど、味も香りもないから、一体何から作ってるのかと……」

保と話しているのは、久志だった。

「やあ」

久志は裕一たちに、爽やかな笑顔を向けてきた。

「久志!? この前、あんなに派手に送り出したばっかりなのに！」

「……見てのとおり、戻ってきた。即日帰郷、ってやつさ。身体検査で落とされた。戦うことより、しばらくは歌の仕事でお国に尽くせってさ」

裕一たちは驚きつつ席に着いたが、久志はなぜか立ったままだ。

「まあ座りなよ」

「いや、いいよ」

かたくなに座ろうとしない久志に、音が尋ねる。

「久志さん、どこが悪かったの？」

「……まあ、それはいいじゃない」

久志は口ごもったが、皆に問い詰められ、やけになって叫んだ。

「痔《じ》でした！ ……情けないよな。派手に送ってもらったのに」

思いがけず出征は免れたが、久志はこれを機に、福島に戻ろうと決めていた。

「親父が心配なんだ。もう年だから、あちこちガタきててね。向こうを拠点にして、慰問に回れたらと思ってる」

その決意を聞くと、鉄男も口を開いた。

「……実《じつ》は俺も、作詞の仕事《しごと》は、いったん休むごどにした。昔《むがし》の上司がこっちの新聞社に勤めでで、人手が足りねぇがら来てほしぃって。世話になった人の頼みだしな」

「三羽ガラスの次の曲、待ってたんだけどな」

音は残念そうだったが、裕一たちは必ずまた三人で曲を作ろうと手を重ねて誓い合った。

戦時下に確かな約束などありえない。それでも三羽ガラスは、再会の日を信じていた。


その後も音の音楽教室は生徒が減り続け、ついに華以外に通ってくるのは弘哉だけになった。

それでも音は教室をやめるつもりはなく、レッスン後に弘哉に声をかけた。

「弘哉君、安心してね。一人でも生徒さんがいる間は、この教室は続けるから」

「あ……は、はい……」


そんな折、音が配給所に行ったところ、吟と出くわした。

「音、ちょうどよかったわ。今からあんたの家《うち》に行くとこだったの」

「どしたの？」

「あんた、また婦人会さぼったでしょう。噂んなっとるわよ。毎回ちゃんと出たほうがいいって。婦人会に協力的じゃないお宅は、配給にも差をつけられたりするし、いろんな不利益が出てくるの」

「はいはい、分かりました」

「裕一さんにだって迷惑がかかることになるのよ？　これから私が入っとる婦人会の会合があるから、一緒に行きましょ」

「なんでわざわざお姉ちゃんとこまで……」

「いいから来りん。少しはお国のために働きんよ！」

逆らいきれずに吟の家に行くと、かっぽう着姿の婦人会の面々が集まってきた。まずは班長の克子の指示の下、「大日本婦人会　綱領」の唱和が行われた。

「一つ！　私どもは日本婦人であります！　神を敬い、詔をかしこみ、皇国のおんためにご奉公いたしましょう！　一つ！　私どもは日本婦人であります。誠を尽くし、勤労を楽しみ、世のため人のために努力いたしましょう！」

唱和が済むと竹槍《たけやり》作り、そして竹槍を使った演習だ。

「これからの日本婦人は、銃後の守りだけではなく、共に戦うことが肝要です！　皆さん、お国のため、常に心身の鍛錬を心がけてまいりましょう！」

「はいっ！」

声をそろえる一同の中で、音は一人、戸惑い続けていた。

音は帰りに〝竹〟に寄ると、保と恵を相手に愚痴を言った。

「はぁ、疲れたぁ……。あそこの婦人会の班長さん、すごい迫力で。私はちょっとなじめないかなぁ……」

「シー。外でそんなこと話したらだめだって」

保がそう言うほど、婦人会は「敵に回すと怖い存在」となっている。

「まあ、これでも食べて一息入れてよ。里芋のババロア」

大豆を使った代用コーヒーだけでなく、保は代用デザートの試作も始めていた。

「いただきまーす。……悪くはないけど……デザートというより、おかず？」

「だよなぁ……。手に入る材料がどんどん減ってきてるから、知恵を絞るしかないんだよね……」

ため息交じりの保に、音もしんみりと答えた。

「ちょっと前まで普通だったことが、普通じゃなくなっていきますよね……」


ある日、弘哉が音楽教室に遅刻してきた。

「遅くなりました！　教練が長引いてしまって」

息を切らせて弘哉は音に謝った。このころには、国民学校でも軍事教練が義務付けられていた。

「大丈夫。そんなに急がなくてもよかったのに」

「でも、音先生が心配するかと思って……。さあ、やりましょう！」

ハーモニカを取り出した弘哉を見て、音はふと気付いた。弘哉は自分を気遣い、無理をして教室に通ってきているのではないだろうか？　尋ねてみると、そのとおりだと分かり、音は弘哉に、これからは気が向いたときに来てくれればいいと伝えた。

音が、帰宅した裕一にその話をしていると、華も話に入ってきた。

「優しいんだよねぇ、弘哉君って。そういうとこ好き。弘哉君が来なくなったら寂しいなぁ……」

華の言葉に、裕一は動揺する。

「ちょ、ちょっと待って、あの、華、そ、それはどういう……」

そこに来客の声がした。トキコが、弘哉を連れてやって来たのだ。

家族そろって玄関に出ると、トキコは丁寧に頭を下げた。

「弘哉からお教室を閉じると聞いて、ご挨拶をと思いまして……本当にお世話になりました。これ、よろしければ召し上がってください。うちの庭で採れたんです」

手土産はおいしそうなかぼちゃだった。

「ね、これ、みんなで頂きましょうよ」

音の提案で、この日はトキコと弘哉も交えて夕食を取ることになった。

「弘哉君、勉強もできるんだって。佐智子ちゃんが言ってた」

華は楽しそうに話しながら、かぼちゃの煮つけを食べている。

弘哉は、教室に通ったおかげで苦手だった音楽が今ではいちばん好きになったと言い、音を喜ばせた。

「ごちそうさまでした！」

「華ちゃん、もう全部食べたの？」

弘哉に聞かれて華は元気に答える。

「うん！　おいしかった。かぼちゃ大好き」

「じゃあ、僕のもあげようか」

仲のよい二人を見て、裕一は慌てて割って入った。

「いやっ！　華にはお父さんのをあげるから！」

大人気ない裕一に、音は思わず噴き出した。

翌日から音は庭で畑仕事を始めた。トキコを見習って庭で芋を育てようと思いついたのだ。

裕一にも手伝ってもらって土を耕していると、華が学校から帰ってきた。

「ただいまー。ねえ、お母さん、お手紙来てたよ」

見ると、差出人は「報国音楽協会」とある。裕一はその名を知っていた。

「小山田先生が会長やってるとこだ」

封を開けると、『音楽挺身隊《ていしんたい》　参加者募集』の知らせが出てきた。

「軍需工場や病院を、慰問で回る楽団だね。音楽学校の出身者が集められてるって聞いた」

『国民一致協力団結の精神を培ひ、戦ひのために不撓不屈《ふとうふくつ》の気力を養ふことが、音楽に課せられた重要な任務であります』

募集要項にはそんなことが書かれており、音はうんざりした声を上げた。

「うわぁ……私、こういうの無理。お国のために一致団結～！　みたいな集団活動は、婦人会で懲りてるし。それより今は自家栽培。おいしいお芋、作らなきゃ！」

するとと、玄関から声がした。

「ごめんください」

裕一が出てみると、豊橋にいるはずの五郎が泣きそうな顔で立っていた。

「せ、先生～！」

書斎に招き入れて話を聞くと、五郎は関内家での馬具職人修業に行き詰まっているのだという。

「岩城さんの試験に落ちてばっかりで……彼女と結婚できる見通しが、全く立たないんです」

岩城に一人前と認めてもらえたら梅と結婚する。その約束で、五郎は修業に励んでいる。

「でも五郎君は腕がいいって、前に関内のお義母《かあ》さんが言ってたけど……」

そこに、梅が乗り込んできた。五郎を追いかけて豊橋からやって来たのだ。

「やっぱりここにいた！　どういうつもり!?」

居間に場所を移し、裕一と音も同席して、梅と五郎は話し合った。

「本当はもう、私と結婚したくなくなったんでしょう。だから、わざと試験に落ちるようなこと……。引っ込みがつかんくなったから、裕一さんに相談しに来たんでしょう？」

「違うっつうの！」

「じゃあどうして！　ふだんは何の問題もなく仕事できとるんだよ。ちゃんと納品できる品質のものが作れとる。なのに試験んなると全然で……。ねえ、正直に言って。もし私のことが嫌いになったんなら――」

「違うよ!!　……おっかねえんだ。失敗したらどうすっぺって。今度こそ受からなくっちゃって焦れば焦るほど、手が震えて、思うように動がなぐなって……」

梅との結婚を心から望んでいるからこそ、五郎は緊張してしまうのだ。

「自分でも、情けねえと思うけど……」

「分かるなぁ……僕もすごく緊張する性格だから、ひと事とは思えない」

　裕一は五郎に共感し、自分の経験を基に助言をした。

「あのさ、五郎君。そういうときは、好きな音楽を頭の中で流してみたらどうかな。僕も、緊張して言葉がうまく出なくなったときは、いつも頭の中で好きな歌を歌ってた。そうしてるうちに、不思議と落ち着いてくるんだ」

「わ、分かりました！　やってみます！」

　五郎は梅のほうに向き直ると、力強く言った。

「頑張るよ……！　約束する！　次は必ず合格する」

「……分かった」

　ようやく梅は笑顔になり、裕一と音はほっと胸をなで下ろした。


　その後、吟も古山家にやって来て、三姉妹がそろって夕飯の支度をした。古山家一同と梅と五郎、吟で食卓を囲むうちに、話題は智彦のことになった。

「転属決まって、いよいよ前線に行くことになったって」

「そうなんだ……。寂しくなるね」

　音が気遣うと、吟はポツリとつぶやいた。

「……ま、今だって一人でいるのと同《おんな》じようなもんだし」

「え？」

　吟は音には何も答えず、梅のほうを向いた。

「豊橋のほうはどう？　お母さんは元気？」

「うん。元気だけど……最近、特高から目付けられとる。うちの宗派は、監視の対象みたい。教会にも行けんし、集会も禁じられとる。目立つことしんかったら大丈夫だと思うけど……毎日のように監視に張り付かれとると、やっぱり疲れるわ」

「監視だなんて……何《なん》も悪いことしとらんのにね……」

音が不満を口にすると、梅もうなずいた。

「文学だってそうだよ。最近は言論統制も厳しくなっとるから、小説を書いとるってだけで、監視の対象になる」

それでも梅は、書き続けると決めていた。

「たとえ今は出版できんくても、ちょうど東京に出てきたし、信頼できる編集者さんに見てもらおうと思って原稿持ってきた」

「何でもかんでも統制されて、不自由な世の中だよね……」

音楽教室への風当たりからも、音はそう実感していた。

「ほんとだよ。この前も、横川秀臣《よこがわひでおみ》先生が捕まったんだって。新聞で見んかった？」

横川は『流転』という小説を書いた小説家だ。

「……お国を批判する人は、裁かれてもしかたないと思うけど」

吟の意見に、梅は真っ向から反対する。

「それを言いだしたら、文学も芸術も死ぬことになる。表現の自由は侵されるべきじゃない」

「今は国民が一丸となって、お国のために戦わんといかん時代なの」

二人の言い合いを聞いていた音が、口を開いた。

「けど……人が心で思うことって、止めれんじゃないかな……。一致団結とか、一丸となってとか言うけど……人はみんな、それぞれ違う考え方があって当たり前っていうか……」

吟は、音の言い分にいらだちをあらわにした。

「……やっぱりのんきよね、あんたは。いい年して世の中のことが何《なん》も分かっとらん」

「そうかな。音姉ちゃんの言うこと、私は分かるけど」

「だから――」

吟は梅に言い返そうとした言葉をのみ込み、ため息をついた。

「……もういいわ」


その晩、梅と五郎は古山家に泊まった。翌朝、居間で荷造りをしていた梅は、音に届いた音楽挺身隊の募集要項に目を留める。

「こんなのあるんだ……」

「行かんけどね。挺身隊なんて柄じゃないし」

「ふーん……その程度なんだ。お姉ちゃんの、歌に対する気持ち。……私も一度は、小説やめようかと思っとったけど無理だった。出版できんかったら意味ないかも、と思っとったけど、書かんといられん。なのにお姉ちゃんは、大手を振って歌える機会をみすみす逃すんだ」

「それは……」

「こんなときでも、好きな歌ができるって幸せなことじゃん。戦争がもっと激しくなったら、できんくなるかもしれん。なのに、なんでやらんの？」

音は何も答えることができなかった。

「……ま、私が口を挟むことでもないけど」


梅たちを見送ったあと、音は裕一に尋ねた。

「……私、やってみようかな。音楽挺身隊。どう思う？」

「うん。いいと思うよ！　応援するよ」

その言葉で、音の迷いは吹っ切れた。


音楽挺身隊に志願する者たちは、報国音楽協会の会議室に集められた。緊張しながら音も参加すると、二十人ほどの挺身隊員の中に懐かしい顔があった。

「潔子《きよこ》さん！　久しぶり！」

音楽学校の同級生だった筒井《つつい》潔子だ。

「懐かしい。元気そうね！　ほかにもうちの卒業生いっぱいいるみたいよ」

そこに、いかめしい顔の軍人たちと一人の女性が入ってきた。

「はじめまして。小山田先生率いる音楽挺身隊の顧問を務める、神林康子《かんばやしやすこ》であります。このたびの志願、誠にご苦労に存じます。諸君に心得ておいてほしいことがあります。それは、音楽は、戦力増強の糧であるということです。われわれが今日《こんにち》まで築き上げてきた日本の音楽を、戦局のため、祖国のために全力で捧げることがわれわれの使命であると心に刻み、挺身活動に邁進《まいしん》していただきたい！」

その日の夕飯の席で、音は裕一に不安を漏らした。

「何だかすごい迫力だったの。音楽挺身隊っていうより、軍隊みたいだった」

報国音楽協会は、会長を務める小山田の曲調と同じく、穏やかな雰囲気なのだろうと音は想像していた。だが、その予想は大きく外れた。

「まずは慰問に行ってみて、先のことはそれから考えたら？」

「……そうだね。あー練習しなくちゃ。歌うの久しぶりだし」

「うん、頑張って！」


音の初めての慰問先は軍需工場だった。挺身隊の隊員たちが合唱を披露し始めると、工員たちの目が輝き、手拍子が起こった。一緒に口ずさむ者もいて、皆が楽しんでくれていることが音たちに伝わってきた。

演奏後、音は見送りに来た工員に声をかけられた。

「あの……合唱とってもよかったです！　久しぶりに楽しい気持ちになれました。本当にありがとうございました！」

その言葉に、音は胸を打たれた。

音が帰宅すると、郵便受けに浩二からの手紙が届いていた。早速、裕一と一緒に読んでみると、近況がつづられていた。

『こちらは何とかやつてゐます。りんご農園は、男手が皆、兵隊に取られてしまひ、今は地域の子どもたちが手伝つてゐて、僕はその指導係として日々忙しくしてゐます。母さんは、兄さんのレコードを毎日聞いてゐます。活躍を心から喜んでゐるやうです。ただ最近、体調を崩しがちなのが気がかりです。もし時間ができたら福島に遊びに来てください。母さん、喜ぶと思ひます』

近いうちに様子を見に行こうと裕一と音が話していると、また吟が訪ねてきた。婦人会の班長の克子が、音にもう一度来てほしいと言っているとのことで、吟は克子からの手紙も託されていた。

「うーん……今、音楽挺身隊で結構忙しいんだよね。慰問の予定が詰まっとるし、歌の練習もしんといかんし」

「……あんたはそうやっていつだって、好きなことしかやんないのよね」

「……好きなことをやって、何がいかんの？　自分の好きなことが誰かの助けんなるなら、別にそれでもいいでしょう？　向いとらんことを我慢しながら奉仕するより、全然いいと思う」

憤っていた吟の表情に、影がさした。

「……あんたって時々、とんでもなく残酷なこと言うわ。自分には音楽があるけど、私には何《なん》もないって……そう言いたいわけ？」

「え⁉　なんでそうなるの？」

「……もういい。帰る」

音が止めるのも聞かず、吟は去っていった。

後日、音は〝竹〟で、恵と保にこの話をした。

「ただ、普通に話したいだけなのに……。なんでこう……ギスギスしちゃうのかな」

「音さんとこは、三人姉妹だっけ。妹さんもいたよね」

恵に聞かれて、音はうなずいた。

「妹二人が音楽や文学の道で活躍してるとなると、確かにちょっと複雑なのも分かる気がするなぁ」

音にとっては意外な意見だったが、保も恵に同意した。

「ふだんは隠していた感情が、あらわになってしまう。これも戦争か……」

店内のラジオからは、裕一が作った軍歌が流れていた。

この日、豊橋の関内家には、東京の出版社から森脇《もりわき》という編集者が梅を訪ねてやって来た。梅は、デビュー作から自分の担当をしてくれている森脇に信頼を寄せている。

「こちら、拝読しました」

森脇は、上京した折に梅が渡した原稿を持参していた。

「しばらくの間、作品は、持ち込まないでいただけますか」

「え……」

「作品自体はすばらしい出来栄えです。ですが、ご一家に問題ありと耳にしました。……監視されてらっしゃるでしょう」

特高による関内家の監視は続いており、それが出版社にも伝わっていたのだ。

「申し訳ありませんが、こちらにも、会社を守る義務があるんです。今後、関内さんとのおつきあいは差し控えさせていただきます」

愕然《がくぜん》とする梅を、五郎と、梅たち三姉妹の母・光子《みつこ》が見ていた。

「ひどい……間違《まちが》ってますよ……こんな世の中……！」

五郎は悔しそうに拳を握りしめた。


その日の晩、吟は出征を前にした智彦と別れの水杯を交わした。

「……世話になった」

「いってらっしゃいませ……どうぞご無事で」

「軍人の妻は、無事など願うな」

吟は押し黙るしかなかった。


音楽挺身隊で音は、慰問先の人も交えて合唱をしてはどうかと提案した。

「いいかもしれません。戦意高揚のためにも」

リーダーの蓮沼《はすぬま》が言い、音は選曲を任された。

音は張り切り、家事と畑仕事の合間を縫って曲を選び始める。

その晩、鉄男が酒を持って古山家にやって来た。

「おでん屋やってだ頃、買っといだ酒が出できたがら、誰がど飲みでぇど思ってな」

「裕一さんでいいの？　お酒弱いけど」

音が尋ねると、鉄男は連れがいることを明かした。

「大丈夫《だいじょぶ》。ざるみでぇな人も連れできたがら」

鉄男の後ろから、木枯正人《こがらしまさと》が姿を見せた。


久しぶりに顔を合わせた裕一、鉄男、木枯は、書斎で酒を酌み交わした。

『酒は涙か溜息《ためいき》か』『丘を越えて』等のヒット曲を書いてきた木枯は、ここのところ全く曲を作っていないという。

「書いても通らないんだよ。お前の曲は軟弱だ、もっと世の中の空気に合わせろだってよ。でも俺、そういうのできないし」

木枯の曲を愛する鉄男は、その言葉に賛同した。

「それで正解！　木枯さんの個性、無理に曲げる必要なんてないですよ。……俺も正直《しょうじき》、今の音楽業界には違和感ある。戦意高揚、忠君愛国。そればっかしじゃつまんねぇし、やりがいもねぇど思ってな。それでいったん、作詞がら離れでみるごどにしたんだ」

鉄男が新聞社の仕事を再開したのにはそんな思いもあったのかと、裕一は驚いた。

「裕一は大したもんだよ。求められてる音楽を、質を落とすことなく次々に生み出してる」

木枯に褒められ、裕一が答える。

「僕はただ……国のために頑張ってる人を応援したいんだ。それが、今の自分にできるたった一つのことだし」

その後、裕一と鉄男は酔いつぶれて寝てしまい、帰っていく木枯を音が一人で見送った。

「……変わんないですね、裕一は。まっすぐで純粋で。……利用されなきゃいいけど」

「え……？」

「……いや。お邪魔しました。それじゃ」


翌朝、古山家一同と鉄男が〝竹〟に朝食を食べに行くと、保から、店を閉めることに決めたと聞かされた。勤労動員で、近くの工場で働くことになったのだという。

「こんな状態で店を続けるのも、しんどいなあと思い始めてたんだよね。代用コーヒーなんてコーヒーじゃないし、そんなんじゃもはや喫茶店とは言えないでしょ」

代用品のデザートもあれこれ試してみたが、アイデアが尽きていた。

「裕一君。ラジオ聞いてるよ。相変わらず、戦果が挙がるたびに放送局に呼び出されてるの？」

「そうですね。戦意高揚の曲を求められるので」

すると鉄男が、意外なことを口にした。

「……まぁ、大本営の発表ど、実際の戦況は結構違うみでぇだげどな」

鉄男は、会社の大本営担当記者から、実は日本軍はかなり旗色が悪いと聞いていた。

「ガダルカナルも『転進』じゃなくて、本当は退却だった。米英軍は南方で着実に反撃《はんげき》に転じてる」

「え……でも、放送局に来てる軍人は、い、今はわざと隙見せて、敵を引き付けてから一気にたたく大作戦を準備してるって言ってるよ。もう少しの辛抱だからって」

「そりゃ軍人はそう言うべな」

「で、でも新聞社だって、同じ報道してるだろ？　事実と違うなら、どうしてそれを伝えないの？」

「そんな単純な問題じゃねぇんだよ」

そこに別の客が入ってきて、会話が途切れた。

裕一と鉄男の間に、重苦しい空気が漂った。


合唱のための音の選曲は、挺身隊の隊員たちに好評だった。だが神林は、音が作ったリストに険しい顔で目を通し、こう尋ねてきた。

「これは、どういう基準で選んだのでしょうか」

「歌いやすくて、心豊かになれる曲を……と思って選んでみました」

すると神林は、不愉快そうに選曲リストを机に投げ置いた。

「心豊か……何をなまぬるいことを。われわれの使命は、軍需産業に従事する者たちの士気を高め、日本の勝利に貢献することです。音楽は軍需品なんですよ」

「軍需品……」

「今は、芸術だの楽しみなどといったのんきなことを言っている時勢ではありません。必要なのは決戦意識と戦力の増強。小山田先生もおっしゃっているように、戦争の役に立たない音楽など要らないのです。それが分からないのですか」

一同が静まり、視線を落とす中、音はおずおずと口を開いた。

「……よく、分かりません……私は……音楽は、音楽だと思います……。その音楽を聞いて、誰が何を、どんなふうに感じるのかは、きっと人それぞれで……」

「……あなたは何のためにここに来たんですか」

神林に見据えられ、音はまっすぐに視線を返した。

「……歌を聞いてくれた人たちに……笑顔になってもらうためです」

「……話になりませんね。お帰りなさい。挺身隊に、非国民は必要ありません」


非国民と言い切られて、さすがの音も落ち込み、帰宅後、裕一に話を聞いてもらった。

「戦争って、当たり前だったことが、当たり前じゃなくなっちゃう……いろんな自由が奪われて、人との関係もおかしくなって……。私だって、自分の国は好きだよ。けど、正直……何よりもまず、家庭や友達……周りの人たちに幸せでいてほしい。それって、自分勝手なことなのかな……」

「……僕だって、家族には笑っててほしい。できることなら心配事のない毎日を送りたい。誰だってそうだよ。でもこうなってしまった以上、この国に生きる人間として、それぞれができることをやるしかないんじゃないかな……」

音の肩に手を置き、裕一が励ましていると、玄関から来客の声がした。

二人が玄関に出ると、やって来たのは役人だった。

「古山裕一さんですか」

「はい……」

「おめでとうございます。召集令状です」

第17章　歌の力

昭和十八（一九四三）年五月、裕一は召集令状を受け取った。徴兵検査の結果が「丙種」だったため、裕一は驚き、音は何かの間違いだと言い張って吟の家へ飛んでいった。智彦を通じて召集を取り消してほしいと頼むためだ。だが吟は、きっぱりとそれを拒んだ。

「無理に決まっとるでしょう」

「裕一さんが戦地に行ったら、誰が曲作んの？」

「そりゃ裕一さんは、売れっ子だけど……そもそも召集は、名誉なことよ！　取り乱すのはやめりん！」


その晩は裕一も音も、床に入ってもなかなか眠れなかった。

「……今まで、いっぱい戦争のための曲作ってきたのに……。想像したこともなかった……自分が、兵隊になるなんて」

令状には、『横須賀《よこすか》海兵団に入団せよ』と書かれていた。その日まで、あと一週間だ。

召集を前に、裕一は散髪店に行ってバリカンを借りてきた。

「せっかくだから音にやってほしくて」

だが音は、裕一の髪を刈ることを拒む。

「……まだ、やりたくない。……やらないからね」

現実を受け入れられない音は、バリカンに触れようともしなかった。


そんな折、三隅忠人《みすみただひと》という人物が古山家を訪ねてきた。三隅は「東都映画」の社員だ。製作予定の映画の企画書を持参しており、裕一と音を前に、立ち上がって熱弁を振るった。

「先生しか、この映画の主題歌を書ける人はおりません！　この映画は、海軍航空隊の予科練習生を主題とした映画であります！　題名は《決戦の大空へ》！　予科練のたくましい若者とそれに憧れる病弱な少年を、原節子《はらせつこ》演じる姉の目を通して描きます！」

スター女優の原節子が出演すると聞き、裕一も音も驚いた。

「今回の作品は気合いが入っております！　作詞は西條八十《さいじょうやそ》先生に頼みました。曲は誰に書いていただこうかと思案したときに、私としては、戦時歌謡の第一人者として、あの『露営の歌』『暁に祈る』の名曲を手がけた古山さんに、どうしても、ぜひとも、お願いしたいと思っております！　引き受けていただけますか？」

「光栄なのですが……実は……」

裕一が召集令状を見せると、三隅は落胆して座り込んだ。

そのとたんに、音が大声を上げた。

「あああ――っ」

音は企画書を手に、家を飛び出していった。


音が向かった先は、吟の家だった。

「どう？　召集解除の理由にならん？」

企画書を見せて尋ねると、吟はいらだちをあらわにした。

「だから無理だって言っとるじゃん！　私の夫は、戦場に行っとるのよ」

そう言われると、音は、返す言葉もない。

「……音、みんな覚悟しとるの。戦争なのよ。音も現実を見つめりん」

「うー、苦しい。苦しい」

「私だって苦しいの、分かって」

「……お姉ちゃん……ごめん」

「なんか、みんな、追い詰められとるね」

そう言いながら吟は、豊橋にいる五郎のことを思い浮かべていた。


五郎は馬具職人の修業を始めて七年になるが、岩城が課す試験に合格できず一人前と認めてもらえていない。合格を条件に結婚すると約束している梅は、五郎に最後通牒《つうちょう》を突きつけていた。

「我慢も限界。今度の試験で合格せんかったら私にも考えがあるから」

不合格なら梅とは結婚できない。その覚悟で、五郎は試験に臨むことになった。

岩城は、「託革《たっかく》」という馬具の手縫いを試験の課題にした。

「手際よく縫えとるか、力加減、糸目がきれいか、そういったところを確認するで」

まず五郎は、頭の中で好きな音楽を思い浮かべた。緊張したときはこの方法で気持ちを落ち着かせるといい、という裕一の助言に従ったのだ。

「よし！」

作業を始めた五郎を、背後から梅と光子も見守っていた。五郎の滑らかな手さばきに驚いているると、岩城に、正面から見るようにと促された。言われるまま移動し、梅と光子は驚愕した。なんと五郎は、目をつぶって作業していたのだ。

縫い終えて目を開けると、五郎は岩城を見つめた。

「どうでしょう？」

「合格」

「うううう、梅さん、やった、やった――！」

「五郎ちゃん、かっこいい」

とたんに五郎が号泣し始めた。

「人生で初めてかっこいいって言われました。岩城さん、こんな僕に根気強く教えていただき、ありがとうございます！」

五郎は岩城と固い握手をし、梅のほうに向き直った。

「梅さん……結婚してください」

「はい！」

胸に飛び込んできた梅を、五郎はしっかりと抱き締めた。

出征前日、裕一が自分で髪を刈ろうとしていると、音が気付いて飛んできた。

「待って！　待って！」

見れば音は、写真機を手にしている。

「残しておきたいの、あなたとの今を」

「……ありがとう」

保に頼んで撮ってもらおうと話していると、三隅が訪ねてきた。

「ちょっと、個人的なつてがありまして、軍のほうに確認してみたところ、先生は、曲作りで国に多大な貢献をしていただいているため、即日召集解除にするとのことです」

形式上一日だけ入隊し、即解除となると聞いて音は大喜びしたが、裕一は割り切れないものを感じていた。

「……僕だけ特別ってことですか？」

「それぞれの得意分野で貢献することこそ、国民の務めです。先生、これで、映画のほうに全力投球、お願いしますね！」

そのころ、関内家では新たな問題が起きていた。

特高に監視されながらも光子と梅は信仰を守り続けている。だが信徒たちは集まって礼拝することを禁止されてしまった。そこで、信徒の一人の瓜田《うりた》の家でひそかに礼拝が行われることになった。その日は五郎も、光子と梅についていった。

「神社の参拝を拒否して検挙された牧師、知っとる？」

瓜田が話題にしたのは、函館《はこだて》で起きた出来事だった。その牧師は監獄で亡くなっており、殺されたという話もある。

「許せんて！」

怒る瓜田を光子が制した。

「声、抑えて」

すると、梨本《なしもと》という信徒が光子に尋ねた。

「あんた、ずっと黙っとるが、どう思っとるだあ？」

「私は……私の信仰を捨てたくない、守りたい。だからと言って、危険を冒すくらいなら、今は……」

「あんた、戦争に協力するっちゅうことかん？」

梨本が光子を非難すると、柿澤《かきざわ》という信徒も後に続いた。

「まあ、それもしょうがないわ。あんたら、軍のお金でごはん食べとるで。そのおかげで兵役逃れの人もおるし……」

五郎に視線を向ける柿澤に、梅が怒りをあらわにした。

「ひどい！　取り消してください」

「違っとる？　違っとるなら謝るわ」

信徒どうしの諍《いさか》いを見て、司祭が口を開いた。

「ともかく、こういう集まりは危険だで。しばらくはやめとこまい」

五郎は、黙って悔しさをかみしめていた。


三隅からの依頼を引き受けた裕一は、西條八十の歌詞に曲をつけ、『若鷲《わかわし》の歌』という曲を作った。その曲は、予科練こと、海軍飛行予科練習生の訓練が行われる「土浦《つちうら》海軍航空隊」で披露されることになった。

裕一は土浦へ行くべく三隅と汽車に乗り、その道中、何かが違う気がすると言いだした。

「明日って、朝一番で曲の発表ですよね？　それ、待っていただけませんか？」

三隅は曲の出来に大いに満足しているため裕一の言葉に混乱したが、裕一は予科練の若者たちのことをもっと知りたいのだと言って譲らない。

「今回は、ほかと違うのです。召集されて、初めて自分が兵隊になると意識したとき、何か、こう、覚悟が決まりました。しかし召集解除となって、その覚悟が打ち砕かれたとき、人々がお国のために働く中、自分に一体何ができるのか、と考えました。その曲はまだ、この心の内を昇華できていないんです。三隅さんもおっしゃってたでしょう。この作品に懸けてるって！」

「そのお気持ちは、ありがたいですが、うちにも予算と予定がありまして」

「三隅さん！　もう一曲書かせてください！　よろしくお願いします！」

裕一の熱意に、三隅は逆らいきれなくなった。

「……分かりました」

土浦海軍航空隊では、海軍の航空機搭乗員育成のためのさまざまな基礎訓練が行われている。十代の志願者たちは採用試験の狭き門をくぐり抜けた精鋭であり、彼らが着る七つボタンの制服は、少年たちの憧れの的だ。訓練は過酷で、体力錬成運動、軍事教練、機械や通信、数学、英語の教育など、その内容は多岐にわたった。

裕一は、土浦海軍航空隊で練習生たちの生活ぶりを見学させてもらった。

練習生たちが兵舎の柱に吊《つ》ったハンモックに裕一が乗ってみたところ、バランスを崩し、どさりと床に落ちてしまう。練習生たちは思わず笑いだし、班長に叱られた。皆が静かになったとたんに、またドタッと音がし、皆で音がしたほうを見ると、三隅もハンモックから落ちていた。

「ハハ、アハハハハ、難しいもんだ～」

裕一が笑い、練習生たちも噴き出しそうになっている。叱っていたはずの班長も表情が緩んでいた。


その晩、三隅が裕一に尋ねた。

「先生、その、何かは、見つかりましたか？」

「もう一日待っていただけますか？　明日までに絶対作ります」

「では……せっかくですから、二曲聞いてもらって教官が選ぶというのはどうでしょう？」

「それ、いいですね」

「歌手と伴奏を呼びましょう」

「さすが三隅さん。ただ……せっかくなら練習生の皆さんにも選んでほしいです。彼らの歌だから」

「それは、ちょっと、難しいかも……」

「交渉、よろしくお願いします」

「……はい」


翌日、三隅は演奏者の手配のために東京に向かった。裕一は引き続き練習生たちの生活ぶりや訓練の様子を見せてもらい、そのひたむきな姿を曲に込めようとした。

しかし譜面を前にしても曲は浮かばない。気分を変えようと机を離れ、兵舎内を歩いてみると、練習生たちがつかの間の自由時間を過ごしていた。笑顔で語り合う姿を見て、裕一は、彼らがまだ幼さの残る少年であることに改めて気付いた。

皆が楽しげに過ごす中、一人で物思いにふける練習生がいたため、裕一は声をかけた。

「訓練、大変そうだね？　つらくはない？　僕、しっくりくる曲が思い浮かばなくて。話聞かせてくれない？」

「つらさは……いろいろあります」

「例えば？」

「体力的なものはすぐに慣れます。家族と離れた寂しさ、訓練についていけないときの惨めさ、集団生活になじめない孤独、自分のせいで班員がしごかれるときのふがいなさ。中でもいちばんつらかったのが、洗濯です。寒さで、指先が切れ、痛くて痛くて、それを母は、ずっと僕のためにしてくれていた。予科練に入るまで、服がきれいなのは当たり前だと思っていた自分が情けなくて……。親に報いるためにも、私は、立派な飛行兵になり、皇国のおんために戦います」

彼の思いを聞いたことで、裕一の頭にメロディーが浮かんできた。


翌朝、三隅が東京から戻ってきた。裕一は、二曲目の『若鷲の歌』の譜面を見せてこう語った。

「短調だけど、悲しくない旋律に苦労しました。勇気の源にある愛を表現できたと思います。それと……あの、練習生の皆さんも参加する件は、いかがでしたか？」

「手抜かりはありません。教官では反対されると思い、その上の副長の濱名《はまな》中佐に直談判《じかだんぱん》しました。この人、話が分かる方でして」

「何から何まですいません」


その後、教官たちが集められ、三隅が連れてきた歌手が二つの『若鷲の歌』を歌った。多数決を採ると、教官たちのほとんどは最初に裕一が作った長調の曲を選んだ。だが濱名はそれで話を済ませず、教官たちにこう呼びかけた。

「せっかくだから、練習生の意見も聞いてみないか？『若鷲の歌』は彼らの歌であり、彼らが歌うのだから」

不服そうな教官もいたが、三十人ほどの練習生たちが集められ、改めて二つの『若鷲の歌』が披露された。練習生たちの反応は明白だった。裕一が前日作った短調の曲に皆が引き込まれ、家族や友人、故郷を思って涙する者もいた。

多数決でも、二曲目を選ぶ者が圧倒的に多かった。

「よし！　決まったな！　せっかくだ。古山裕一先生のために、皆で歌おう！」

濱名の呼びかけで練習生たちが歌いだした。

裕一は練習生たちの歌声に胸を熱くし、惜しみない拍手を贈った。隣では、三隅が感激の涙を流していた。


無事に役目を終えた裕一が兵舎で帰り支度をしていると、濱名がやって来た。

裕一が、教官たちを説き伏せてくれた礼を言うと、濱名は恐縮した。

「実は二曲目のほうが圧倒的に好きだったもので、私利私欲も入っています」

「音楽をされていたのですか？」

「……いえいえ、ただ、懐かしくなって……。ここの初期の練習生が卒業するとき、私は、若いお前たちにはまだ花のような見果てぬ夢があるだろう。また行く手には恐怖をそそる嵐もあるだろう。だが、それを勇敢に踏み越えて進むのが日本男児の道だと言葉を贈り、『花も嵐も踏み越えて……』と『旅の夜風』を歌って送り出しました。その中に『爆弾小僧』とあだ名された田丸《たまる》という暴れん坊がいたんです」

「すごいあだ名ですね」

「勇猛果敢なやつでした。炎で燃え上がる飛行機を田丸は操縦し続け、敵艦に体当たりして、大きな戦果を挙げました」

かつての練習生を思い返しながら、濱名は柔らかな笑みを浮かべていた。

「田丸は、『旅の夜風』の歌を心に刻んで、立派に戦ったんです。先生、歌には、人の心を奮い立たせる力があります。何百万人の心を一つにする力があります。これからも命を賭して生きる若者のために、よろしくお願いします」

濱名は裕一に握手を求め、裕一は込み上げる涙をこらえつつ、その手を握った。

敬礼して去る濱名を見送るとき、裕一の胸には使命感があふれていた。


高揚した気分のまま帰宅した裕一は、出迎えた音にその思いを語った。

「予科練の若者はすばらしかった！　感動した！」

「そう、よかったわね」

華は、裕一が留守の間の出来事をうれしそうに報告した。

「お父さん、鉄男おじさんが羊羹《ようかん》くれたよ！　お父さんの分、取っておいたよ」

「え、大将が。ありがとう！」

楽しそうに居間に向かう裕一と華を見ながら、音は鉄男から聞いた話を思い返していた。

鉄男によると、裕一は、激戦地への慰問に行くよう要請される可能性があるという。不安な気持ちを振り払って、音も居間へ向かった。


四か月後、映画《決戦の大空へ》が全国で封切られた。主題歌のレコードも同時に発売され、どちらも大ヒットした。

ある日、裕一が帰宅すると、十人ほどの小学生が家の前におり、一人の子が尋ねてきた。

「古山裕一先生ですか？」

「先生というか……まあ、はい」

「昨日、学校の行事として、みんなで《決戦の大空へ》を見てまいりました。感動いたしました。映画館を出たら自然とみんなで『若鷲の歌』を歌っていました。先生、すばらしい曲を作っていただき、ありがとうございます。一同、敬礼！」

そろって敬礼をした子どもたちに、裕一は笑顔を向けた。

「みんな、ありがとう。大変なときだけど頑張ろう」

「はい！」


昭和十九（一九四四）年一月には、『ラバウル海軍航空隊』という曲がたびたびラジオで流れるようになった。コロンブスレコード改め「東亜蓄音機」所属の裕一が作曲し、ビクトリーレコード改め「勝利蓄音機」の歌手・灰田勝彦《はいだかつひこ》が歌うという異例の曲だ。通常ならありえないことだが、ラジオ放送の企画として実現し、裕一は、灰田の明るい歌声が生きるように明快な曲を書いた。

勝利蓄音機からレコードも発売され、異例の人気となった。ガダルカナル島撤退、山本五十六《やまもといそろく》連合艦隊司令長官戦死など悲報が相次ぐ中、明るいメロディーと灰田の歌声が、沈滞した国民の気持ちを鼓舞した。


その年の三月、ようやく結婚した梅と五郎が古山家にやって来た。五郎は裕一との再会に感激して抱きついてきた。

「よかったな～、長かったな～。梅ちゃんにふられるんじゃないかと心配してたよ」

裕一が言うと、梅がてれる様子もなく答えた。

「私には、五郎ちゃんしかいないので」

その後、音と梅は仲よく畑仕事を始めた。裕一は五郎を書斎に呼び、結婚祝いだと言って譜面を手渡した。それを見て、五郎はハッとした。

「僕が書いた曲……」

裕一は、五郎が古山家を去る前に書いた曲に、前奏と伴奏をつけて完成させていたのだ。

「いつか渡そうと思って」

「一生の宝物です。ありがとうございます！　作曲家にはなれなかったですけど、今、僕は幸せです」

「そう、よかった」

「……ただ……先生は、どんなお気持ちで今、歌を作られてますか？」

裕一は、とっさに言葉に詰まった。

「差し出がましいようですが、先生には、戦争に協力するような歌を作ってほしくありません。先生には、人を幸せにする音楽、作ってほしいんです」

「僕の曲は、幸せにしてないかな？」

「先生の歌を聞いて、軍に志願した若者がたくさんいます」

「国のために戦いたいと思う気持ちは悪いことじゃないだろ」

「戦いがなければいいのです。戦わなければいいのです」

「現実として、今、日本は戦ってるんだ。多くの人たちが勝つために命を落とした。それをむだにしないためにも、戦うしかないだろ？」

「戦争に行く人が増えたら、むだに死ぬ人が増えるだけです」

「命をむだと言うな！」

裕一は声を荒らげ、今度は五郎が言葉に詰まった。

「この国を思う人たちを応援する。それが僕の使命だ」


五郎はそれ以上裕一と話し合おうとせず、表へ出ていった。

梅と一緒に庭にいた音は、裕一たちが衝突したのだと察した。

「戦争は、みんなをいらだたせる」

畑仕事を続けながら音は、裕一が召集解除になったことにとらわれ続けていると梅に話した。

「後ろめたい気持ちが、どんどん戦意高揚の歌に傾かせとる。私、怖いの」

「そうか……実は私も……。五郎ちゃん、キリスト教に入信したの。あの人、まっすぐだから、のめり込んどる。ちょっと不安」

「そうか……さっきのけんか、それが原因かもね」


翌日、五郎と梅は豊橋に帰っていった。

立ち去る前に五郎は裕一に聖書を渡していき、裕一は書斎で一人になってからページを開いた。

しおりが挟まれた箇所にはこう書かれていた。

『悪より遠ざかりて善をおこなひ　平和を求めて之《これ》を追ふべし』

数日後、裕一が外出先から帰ると、弘哉とトキコが訪ねてきていた。音と華も交えて居間で顔を合わせると、弘哉は報告があると言いだした。

「予科練に合格したんです」

「ヨカレンって、この前、お父さんが行ったとこ？　試験難しいんでしょ？　すごいね！」

華は屈託なく言ったが、音は戸惑いを隠しきれなかった。

「入隊する前に、最後に裕一さんと音先生にお礼のご挨拶をしに参りました。《決戦の大空へ》を見て、心を動かされました。私も仲間と共に、この国のために戦いたいと思ったんです。私の同世代もすでに大勢予科練に志願しました。それに、『若鷲の歌』を作った方がこんなに身近にいる。これが私の目指す道だと気付いたんです。お二人のおかげです。ありがとうございます」

「そうか、厳しい訓練、大変だろうけど、弘哉君ならきっと大丈夫だよ。応援してる」

「ありがとうございます。裕一さんから頂いたハーモニカは持っていきます。音楽教室、本当に楽しかったです」

表まで見送りに出た際、トキコも裕一たちに礼を言った。

「あの子が、自分から何かやりたいって言いだしたの、初めてなんです。音楽を始めて、少しずつ自信がついたんだと思います。お国のために、立派に戦いたいんだ！　って、運動も勉強もすごく頑張ったんです。そんな姿見たら、応援するしかないですよね」

去っていく弘哉に、華は明るく手を振った。

「弘哉君、元気でね！」

その後、裕一は報国音楽協会に呼び出された。訪ねていくと、山崎《やまざき》という職員から、軍の依頼で慰問に行ってほしいと告げられた。ただし、行き先も出発時期も期間も、軍事機密に当たるため教えられないという。

その日、裕一が帰宅すると、鉄男が訪ねてきていた。

「報国音楽協会、行ってきたんだべ？　もしかして、戦地での慰問の依頼が？　もし、行ぐつもりなら、やめどげ。日本は今、負げ続げでる。前線は、思ってる以上に危ねぇ」

「戦況が悪いなら、より一層、慰問が必要だ」

「……音楽で、戦況は変えらんねえだろ」

「そんなことない、歌で戦う人たち、鼓舞できる。大将が書いてくれた『暁に祈る』だって、兵士たちの心に響いたがら、ヒットしたんだ。歌は力になるんだよ」

「……俺は、歌が戦《たたか》うための道具になんのは、嫌だ」

「……みんな命懸けで戦ってんだ。僕は、僕ができることがあるなら、協力したい」

鉄男が帰っていくと、庭仕事をしていた音が裕一に尋ねた。

「鉄男さん、何の話だったの？」

「別に。新聞社の仕事の話」

裕一はその後も、音に慰問の件を伝えなかった。

一か月後、裕一は再び報国音楽協会に呼び出された。この日も、山崎が裕一を待っていた。

「五日後、出発です。よろしくお願いします」

「はい」

「小山田先生よりご伝言を預かっています」

山崎はメモを読み上げた。

「この非常時に音楽家として国に忠誠を尽くし、命を懸けて戦う将兵に、こちらも命をもって応えるのが国民の務めである。前線での貴殿の活躍に期待する」

裕一は国民服を受け取って帰宅し、音を居間に呼んで切り出した。

「落ち着いて聞いてね。慰問に行けと命令が下った」

「……どこへ？」

「分からない。機密事項だから、僕も知らされてない。ただ、外地であることは間違いない」

「いつから？」

「五日後」

「そんな、すぐに……。召集じゃないんだから、断れるんでしょう。あなたが慰問行って何になるの？」

「……みんな、頑張ってる。僕だけ逃げるわけにはいかない」

「逃げてないよ。曲作ってるじゃない。いっぱい作ってるじゃない」

そこに、玄関から声がした。

「電報でーす」

受け取ってみると、裕一の実家からだった。

『ハハタオレル　コウジ』

読み終えるとすぐに、裕一は家を飛び出した。


裕一は、報国音楽協会に駆けつけ、慰問の日程を変更してほしいと頼んだ。

「軍の返答は、ご母堂は、それほどのご重態でないので、予定どおり出発してほしいとのことです」

山崎にそう言われたが、裕一は食い下がった。

「ぐ、軍は、すべて把握しているんですね。せめて一日でも日程を遅らせて、母の見舞いをすることはできませんか？」

「無理です。飛行機の手配もすべて済んでおります。また、緊急の場合もあるので、東京を離れないようにとのことでした」


家に戻った裕一は書斎に入り、音に宛てて手紙を書き始めた。

『音へ。悲しませてごめん。音が望んでゐないと分かつてゐるけれど、やはり、僕は行きます。

僕は西洋音楽を作るために上京したのに、歌謡曲の作曲家になり、君は舞台に立つ前に家庭に入ることになり、二人の夢はまだ実現できてゐません。それでも大将や久志や保さんや恵さんや五郎君や弘哉君や、木枯君や廿日市さんや、いろんな人と出会へて楽しい日々でした。

戦争が始まり、僕は急に売れっ子になりました。歌謡曲では邪魔した西洋音楽への未練が、戦時歌謡では吉と出ました。戦意高揚に、敵国の音楽の知識が役立つとは、皮肉です。

音は戦争に反対なのだと思ひます。僕も戦争は嫌ひです。人を殺すくらゐなら、むしろ殺されるほうを選びます。それでも戦争に反対かと言はれると、さうも言へません。国のために命を懸けて戦ふ人を否定したくないのです。

僕の曲作りは、人とのふれあひの中で生まれてきました。君との歌も、応援団の歌も、予科練の歌も。だから、一度は戦場をこの目で見たい。命を懸ける尊い人たちを、現地で応援したいのです。

申し訳ありませんが、華と母さんをよろしく頼みます。必ず生きて帰ります。戦争が終はったら、もう一度夢の続きを始めませう。　裕一』

音はこの手紙を、裕一と華が出かけている間に一人で読んだ。読み終えると、自分に言い聞かせるようにつぶやいた。

「あなたを信じる」


裕一が慰問に向かう日になった。

国民服を着た裕一が台所に入ると、音が困ったような顔をした。

「似合わない？」

「うん」

音は苦笑いしながらうなずいた。

「少し待ってて。お芋ふかしてるから。お昼ごはん、持っていって」

「もったいないから、いいよ。僕はきっと支給してもらえるだろうから、音と華で食べて」

「いいの。うちで採れたお芋、しばらく食べられなくなるでしょ」

ふだんどおりにふるまおうとする音に、裕一はそれ以上何も言えなかった。


「お父さん、帰ってくるよね」

玄関で華に問われて、裕一が答える。

「ああ、鉄砲撃てないお父さんたちが、呼ばれた場所だ。危険はない。安心して、な、華」

「うん」

「音、すまん。行ってくる」

「引き受けた以上、しかたがありません。きっと元気に帰ってこられます。兵隊さんたちを勇気づけてきてください」

「ありがとう。では、行ってきます」

見送る音も、荷物を抱えて去る裕一も笑顔だった。

だが、華は気付いてしまった。父の背中に向かって頭を下げた母は、唇をかみしめ、必死に涙をこらえていた。

第18章 戦場の歌

裕一の慰問先はビルマ（現在のミャンマー）だった。同行者の作家・水野《みずの》伸平《しんぺい》、洋画家・中井《なかい》潤一《じゅんいち》と共に、裕一は南方軍総司令部のあるラングーンのホテルに滞在した。

ラングーンの町は予想に反して静かだった。時折、学校や施設に慰問に出かけると、現地の子どもたちが、裕一が作曲した歌を日本語で歌ってくれた。

裕一たちは、戦況を聞くために司令部に顔を出すこともあった。このころ日本軍は、インド北東部の要地・インパールを攻略する作戦を開始していた。参謀の磯村《いそむら》中佐は、裕一たちの前では鷹揚《おうよう》にふるまっていたが、作戦は予定どおりには進んでいない様子だ。

土曜日の夜は、現地にいる日本人記者たちも集まって、水野、中井と共にすき焼き鍋を囲む。

そんな日々が一か月ほど過ぎた頃、水野と中井が軍の許可を得て戦地に向かうことになった。作家の水野は、作品内で兵士の生々しい人間性を描いていて、ラングーンに到着後すぐに戦地へ行きたいと申し出ていた。そして水野の友人である中井も、同行を決めていた。

出発前に水野は、最前線将兵のために書いたと言って、『ビルマ派遣軍の歌』という詞を裕一に託した。ラングーンに残った裕一は、その詞に曲をつけた。

さらに一か月が過ぎ、ビルマが雨季を迎えても、水野と中井は戻らず、裕一には戦地へ行くようにとの命令は下らなかった。このままでは日本からやって来た意味がなくなると焦る裕一の元に、記者の大倉憲三《おおくらけんぞう》が訪ねてきた。

「先生は、福島の出ですよね？　藤堂清晴さんって、ご存じですか？」

「はい！　小学校の恩師です」

「藤堂さん、いや、藤堂大尉は、ビルマにおられます。私も人づてに聞いただけでして、詳しいことは分からないのですが、よく古山さんの話をされているようです」

驚く裕一に大倉は、藤堂の配属先を調べておくと約束してくれた。

音と華は、まさの病状が悪化したと連絡を受けていたこともあって、福島への疎開を決めた。

二人が裕一の実家に着くと、まさは床に伏していた。

「ごめんね〜、せっかく来てくれだのに寝でばっかしで。華、もっと顔見せで」

華が近づくと、まさは両手で華の頬を包み、愛する孫の顔を見つめた。

音は、二階の裕一の部屋に入ってみた。すると、何かに布がかぶせてある。気になって見てみると、蓄音機だった。

「兄貴の才能、開花するきっかけだがら」

振り返ると、浩二がいた。

「これだけはまだ金属回収に出せねくてね。いっつも、じっと座って、難《むず》しぃ音楽聞いでだ」

「そっか。ありがとう」

音は、長らく使われていない蓄音機をなでて礼を言った。

「兄ちゃん、心配？」

「行き先も分からないの」

「兄ちゃんは、軍にとっても大事な人だろ。そんな危険などごに行がせられっこどねぇよ、たぶん……」

「そうだよね……ありがとう」

「こっちは食べ物《もん》もあるし、いづまででもいでいいがら」

「お世話になります」


ラングーンのホテルに、ようやく中井が戻ってきた。出迎えた裕一は、その変わり果てた姿に絶句した。ひげが伸びて真っ黒に日焼けし、目が落ちくぼんでいる。

裕一が自分の部屋に招き入れると、中井は何枚ものスケッチを見せてきた。そこには、戦場の惨状が克明に描かれていた。

「前線は地獄です。険しい山、濁流の大河、悪疫、食糧不足、戦う以前に命を保つことさえ難しい。前線部隊への武器や弾薬、食糧の補給も全く追いついていない。それなのに進撃命令を出す司令官。すべて無謀でむだな死。まさに犬死にです」

「……日本が勝てる見込みは……」

裕一の問いに、中井は黙り込んだ。

「水野さんは？」

「さらに先に向かいました。この実情を伝えるのが作家の使命だと」

中井はコップの水を飲んで言う。

「一杯の水がないだけで、死んでゆく者がいます。そんなこと許されていいのでしょうか？」

今度は裕一が黙り込んだ。

「古山さん、日本は負けます。命を尊重しない戦いに、未来はありません」


その後、大倉が、藤堂の所在が分かったと知らせに来た。

「前線のやや後方で、補給路の警備と物資の中継に当たっている部隊の隊長です」

居場所が分かると、藤堂に会いたいという気持ちが日増しに大きくなった。ならば、藤堂の部隊を慰問したいと軍に申し出ればいいのだが、それを考えるたびに音と華の顔が頭に浮かんで心が決まらない。

眠れぬ夜を過ごしていた裕一は部屋を出て、ホテルのロビーに行った。すると、中井が酒を飲んでいた。

「最後の一杯です。明日、出発します」

「命令ですか？」

「いえ、申し出ました。私の役目は、これからの日本のために、戦争の実情を伝えることですから」

「そうですか……」

「どうされましたか？」

「……この地に、私の恩師がいるのです。私を音楽に導いてくれた大切な人です。恩返しがしたいのに、体が動かない」

「古山さんの慰問の目的は何ですか？」

「音楽で、命を懸け戦う人々の力になることです」

「ほかにはありませんか？」

「ほか？」

「古山さんの音楽は、国民を戦いに駆り立てる音楽だ。そのことに、良心の呵責《かしゃく》を覚えていませんか？　自分の作った音楽が、とげになっていませんか？　もし、とげを抜きたくて、自分の行いが正しいと確かめたくて、戦場に行くならおやめなさい。戦場に意味を求めても、何もありません」

「な、中井さんだって、先ほど、行く意味を話されたではありませんか」

「私は、後世の人に事実を伝えたいだけです」

「私も、ただ音楽で、皆さんを勇気づけたいだけです！」

気持ちが高ぶり、立ち上がった裕一に、中井は静かに告げる。

「命令ならしかたがありません。運命だと思って行くしかない。それまでお待ちなさい」

「もう待ちました！　おかげさまで決心がつきました。せっかく来たんだ。藤堂先生もいる。これこそ運命です。参謀に明日直訴します。……ありがとうございました」

一礼して去ろうとする裕一に、中井が言った。

「……古山さん。戦場に意味はありません。戦場にあるのは、生きるか死ぬか、それだけです」

慰問の申し出は磯村に認められ、裕一はすぐに出発することとなった。

可能なかぎり楽器をかき集めて荷物に詰め、裕一は三か月滞在したラングーンを後にした。

藤堂の部下の二木《ふたき》軍曹が運転する車で駐屯地に着くと、藤堂が待っていた。裕一が来るとの通信を事前に司令部から受け取っていたのだ。

「先生！」

「よく来てくれた」

日焼けした藤堂と固い握手を交わすと、裕一は早速、車から楽器を下ろし始めた。

「コンサートしたくて、手当たりしだいに楽器を持ってきました。演奏できる人って……」

「そんなことだろうと思って、もう集めてある」

駐屯地内の小屋で、裕一は三人の隊員に引き合わされた。一人は陸軍上等兵の神田憲明《かんだのりあき》。召集される前は、ダンスホールで演奏しており、打楽器全般が得意だという。そして一等兵の東次郎《あずまじろう》。召集前は宮大工で、趣味でトランペットを吹いていた。同じく一等兵の岸本和俊《きしもとかずとし》は、民謡歌手の父を持ち、召集前は楽団でギターを弾いていた。

「トランペットに、ドラムに、ギターに、いい編成です」

裕一は満足そうに言うと、こう続けた。

「歌は……」

すると皆の視線が藤堂に集まった。

「俺？　歌？　ま、みんなの元気のためだ。やるよ！　慰問会は明日だ。俺は用事があるから、内容は任せる」

「今日、練習してもいいですか？　皆さんに、ちゃんとしたものを見せたいので」

張り切る裕一に、藤堂は笑って答えた。

「後で合流する」

藤堂が去ると、裕一は『ビルマ派遣軍の歌』の歌詞を皆に見せた。

「これ、一曲目にどうでしょう。皆さんのために、ラングーン滞在中に書いた曲です」

「おお！　われわれのために！　士気が上がります！」

神田が即答し、東と岸本も笑顔になった。


裕一はすぐにバンドの編成に合わせた編曲に取りかかった。パートごとの譜面を書き終えた頃には、神田たちの楽器の準備も整っていた。

岸本は裕一から受け取った譜面を感激の面持ちで見つめた。

「今日は自分たちにとって夢のような日であります。あの古山先生が、来てくださるなんて。先生の曲に勇気をもらい出征した者も数多くいます」

その言葉に東もうなずく。

「自分もそうでありました。親の後を継ぐために宮大工修業してましたが、《暁に祈る》を見て感激しました。みんな劇場を出た者は、あの曲を歌ってました」

「あ、ありがとう。実は……『暁に祈る』の、詞を書いたのも、歌ったのも、藤堂先生の教え子なのです」

「え――っ！」

三人は声を上げて驚いた。

「福島三羽ガラスって勝手に自称してます」

「隊長殿がかぁ、何か、う、うれしいなあ」

神田たちの顔が一層明るくなった。

「隊長殿は、階級をかさに着たりせず、いつも部下のことを思い、自分たちのことを気にかけてくださいます。すばらしい上官殿であります」

「僕らにとっても、恩人です」

「何かそう伺いますと、急に先生を身近に感じてきますなあ。アハハ」

「そう感じてください。明日は、音楽を愛する者として、演奏を楽しみ、皆さんを楽しませましょう」

「はい！」

「よし、じゃあ練習開始！」

裕一の指揮で演奏が始まると、慰問会の会場設営をしている兵隊たちが楽しげに耳を傾けた。

遅れてきた藤堂も加わって『ビルマ派遣軍の歌』の演奏が始まった。神田が奏でる軽やかなドラムロールで曲が始まり、藤堂が高らかに歌い上げると、二木が大きな拍手を贈った。

その晩、藤堂と裕一、神田、東、岸本は、駐屯地内の小屋で酒を酌み交わした。

「今日の練習だけで、何か胸が熱くなりました。音楽が、皆さんの力になれば、いいのですが……」

裕一の言葉に、岸本がきっぱりと答える。

「間違いありません。必ずみんなの心に届きます」

慰問会に向けて張り切る面々の中で、神田だけは顔色がさえない。藤堂はそれが気にかかっていた。

「神田、どうした?」

「隊長殿……自分は、今日で、少し死ぬのが怖くなりました。……自分、娘に一度も会ったことがないんであります」

神田は長年、荒れた暮らしを続けていたのだという。盗みを働き、脅したり奪ったりと人を傷つけながら生きてきた神田は、冷たく捨てた女性が、黙って自分の子を産んでいたことを知った。

「会いに行ったんですが、拒否されて……当然です。そのあとも荒れた生活してたんですが、頭の片隅でちらっと聞こえた赤ちゃんの声が離れないんです。俺、このままじゃだめだ。会わせてもらえる人間になろう、ちゃんとした人間になろうって思って、戦っております」

「もう会える資格はあるさ」

藤堂の言葉に、神田は目を輝かせた。

「そうでありますか？」

「ああ、帰ったら会いに行け」

「はい」

黙って聞いていた裕一が、神田に尋ねる。

「神田さんは……死ぬことが怖くなかったのですか？」

「自分の人生は、思い出したくない記憶ばかりです。死んだら忘れられると思ってました。今は隊長殿や仲間に恵まれて、今日みたいなすばらしい時間を過ごすと、大切な記憶が増えて……忘れたくないって思いが募り……死ぬのが怖くなります。前まで失うものがなかったのに、今は掛けがえのないものがある。だから怖いのであります」

「俺も怖い」

藤堂が本心を明かすと、岸本と東も、自分もだと口をそろえた。

「恐らくあと少しの辛抱だ。みんな生きて帰ろう。それじゃ、はるばる来てくれた古山に……あれ、歌うか！」

藤堂が『暁に祈る』を歌いだすと、神田たちも加わった。歌ううちに彼らの瞳から涙があふれた。

その涙と、熱き歌声に胸を打たれ、裕一は思わず泣き崩れた。

翌朝、裕一が小屋で目を覚ますと、藤堂が朝食にと生の芋を渡してくれた。

「こんなものしかないが」

二人は一緒に芋にかぶりついた。

「よく来てくれたな。ありがとう。古山は、有名人だ。兵隊たちは喜ぶと思う。ただし、今日中に帰れよ。ここも危険になってきてるから」

「先生、大変ですね」

「二回も戦争に行った父親を、いまさらながら尊敬するよ。軍人として生きることは、父親への恩返しだからな」

「僕も、先生に恩返ししたくて来ました。先生がいたから、今の僕があります」

「俺が見つけなくても、誰かがお前の才能は見つけてたと思うが、まあいい。ありがたくその言葉、受け取っとくよ」

そして藤堂は、ポケットから手紙を取り出した。妻の昌子への手紙だ。

「俺が死んだら渡してくれ」

「や、やめてください。こんなもの預かったら、現実になってしまいそうで……」

「何が起こるか分からない。頼む」

「……は、はい。絶対に生きて帰ってください」

「ああ……。頼むぞ！　音楽は偉大だ。みんなを一つにする力がある！　頼むぞ、古山！」

「はい！」

慰問会まではまだ時間があったが、裕一は会場に向かった。すると神田たちが準備をしており、裕一は岸本から缶詰を差し出された。

「イギリス兵からぶんどったものです。大変うまいです。ぜひお土産にお持ちください」

「困ります。食糧に困ってるのは、皆さんですから、受け取れません」

だが強引に握らされ、裕一は受け取ることにした。

「……ありがとう。……では、本番前に演奏だけ、もう一度練習しておきますか？」

「何度でも！」

「では、一曲目の『ビルマ派遣軍の歌』から始めましょう」

三人が準備を整え、裕一が手を上げた。

そのときだ——。乾いた銃声が一発、辺りに響いた。銃弾は、岸本の頭を撃ち抜いていた。さっきまで笑顔を見せていた岸本がゆっくりと倒れていく。

「狙撃兵だ！　応戦しろ！」

神田が叫び、東と共に駆け出した。


森に潜んでいた敵兵との間で銃撃戦が始まった。銃弾が飛び交う中、裕一は愕然と岸本のそばに膝をつき、その遺体を見つめていた。

森の中からマシンガンが放たれ、裕一の近くに着弾した。そこに駆けつけた藤堂が裕一の体を引き寄せ、少し離れた場所の車の下に押し込んだ。

「ここに隠れてろ！」

狭い隙間から、戦闘の様子が見える。兵隊たちは次々に倒れ、それでも別の兵隊たちが敵を目がけて進んでいく。ドサッと音がして、二木が車の前に倒れた。裕一は思わず目を閉じた。銃声と悲鳴が耳に響いてくる。爆発音や「お母さん！」という断末魔の声が聞こえ、目を開けることができない。

「うっ」

藤堂の声だと裕一は直感した。目を開けると、被弾した藤堂が倒れている。息はあるようだ。必死に恐怖を振り払い、裕一は藤堂の元へ駆けていく。すぐそばで手榴弾《しゅりゅうだん》が爆発し、被弾した兵隊たちがもがき苦しんでいる。裕一は、何とか藤堂の元にたどりついた。

「先生！　藤堂先生！」

藤堂を抱きかかえて、近くの塹壕《ざんごう》に引っ張り込んだ。藤堂は手で腹を押さえており、軍服が血で染まっている。

「古山……」

「先生！　しっかり！」

「すまん、俺のせいで……。手、手紙、持ってるか？」

「は、はい」

「俺は、もうだめだ」

そう言いながら、藤堂は笑顔を浮かべた。

「最後に……お前に会えて、よかった……昌子と憲太を……頼む。もう一度、会いたかった」

笑みをたたえたまま、藤堂は力尽きた。

「先生！　先生――！」

多くの兵隊の命が奪われたあと、ようやく銃撃戦が収まると、東が裕一のそばにやって来た。

「ご無事でしたか？」

「……藤堂先生が……。神田さんは？」

「手榴弾でやられました。跡形もありませんでした。隊長殿は自分にお任せください」

動かなくなった藤堂の顔を見ると、幼い頃からの思い出が次々によみがえってくる。嗚咽《おえつ》する裕一の背中に手を添えて、東が言った。

「これが戦争です。先生、ここはまだ危険です。早く後退してください」

だが裕一は動こうとしない。東は、裕一を無理やり藤堂から引き離した。

「先生！　早く！」

「うおおおおおおおおおおおお」

まだ白煙が漂う駐屯地に、裕一の叫びが響いた。

「僕は、何も知らなかった」

「知らなくていいこともあります」

裕一は、震える手で藤堂のために合掌した。

それからまもなく、インパール作戦は中止となった。およそ九万の将兵が投入され、生還者はわずか一万数千人だった。

音は、裕一が乗った帰国の船が下関《しものせき》に着いたという知らせを福島で受け取った。華にもそれを伝え、二人は安堵した。

「無事でよかった。東京のおうちに戻るの？」

「ううん、お父さん、福島に来るって」


下関から汽車で福島にやって来た裕一は、実家よりも先に昌子を訪ね、藤堂からの手紙を渡した。昌子は、その場で手紙を読み始めた。

『君がこの手紙を読んでゐるといふことは、もう僕はこの世にはゐないといふことだ。君と憲太にもう会へないなんて、とても寂しい。昔から僕はどこか冷めた部分を持つた人間だつた。自分の気持ちを素直に出すことが苦手だつた。いいことは言へるが、本音は言へない。そんな僕を変へてくれたのは君だ。

正直、強引な君に最初は戸惑つてゐたけど、君を知るにつれ、その明るさ、まっすぐさに、僕の殻は溶けていつた。短かつたけど幸せだった。残していくこと、心から謝る。大変だらうけど憲太を頼む。

君が好きだつた。愛してゐた。ありがたう。僕の人生に現れてくれて。君に会ひたい。

藤堂清晴』

読み終えると昌子は、裕一に尋ねた。

「最後は……どんな顔してだ？」

「優しい笑顔でした」

「あの人らしぃ……」

「先生は、僕を車の下に隠してくれて、その近くで撃たれました。たぶん……僕を守ろうとしてくれたんじゃないがって、思います」

「そう……あの人、あなたのごど、ほんとに好きだった。きっと自分の夢託《たぐ》してだのね」

その言葉を裕一はかみしめた。

「幸せだったなあ……楽しがった……もうあんな日返ってこない。……会いだい……もう一度《いぢど》、会いだい……」

昌子は涙をこらえきれなくなった。

そんな昌子を前に、裕一は身じろぎさえできなかった。


その日の夕方、居間にいた音は、玄関の開く音を聞いて華が帰ってきたのだと思った。

「お帰り～。華、帰ったら『ただいま～』でしょう！」

だが、振り返ると、廊下に裕一がいた。

「心配かけたね。ごめん」

音は無言で、裕一を強く抱き締めた。


その晩はまさも床から起きてきて、裕一、音、華、浩二と共に夕飯の席に着いた。

「母さん、大丈夫《だいじょぶ》？　兄ちゃん帰ってきたがら無理してねぇ？」

心配する浩二に、まさは笑顔を返した。

「ううん、今日は気分いいの。みんな集《あづ》まって楽しぃ」

「そう、よがった！　元気がいぢばん！」

夕食後、音が二階の部屋で寝る支度をしていると、裕一が入ってきた。

「みんな元気そうで安心した」

音は布団を敷く手を止め、居ずまいを正した。

「お勤め、ご苦労さまです」

「向こうで藤堂先生に会えた」

笑顔になった音と対照的に、裕一の表情は暗い。まさか、と音も顔色を変えた。

「しばらく一人でいたい。僕だけ帰るよ」

「そんな……私たちも一緒に……」

「お願いだ。頼む」


音を説き伏せて東京に戻ると、裕一はまた軍のために曲を作り続けた。

ある日、鉄男が古山家を訪ねてきた。自作の詞を鉄男は黙って裕一に渡した。

戦意高揚の詞は書かないと決めていたはずの鉄男が書いてきたのは、『嗚呼《ああ》神風特別攻撃隊』という詞だった。

「藤堂先生が亡ぐなられだって聞いだどぎ、俺はどうしようもなぐ腹立った。藤堂先生の弔いがしてえ。先生の無念、晴らしてえ。だがらこれ書いだ」

「……先生、喜ぶかな？」

「当然だべ。先生は勝つために戦《たたが》ったんだ」

鉄男の言葉に割り切れないものを感じながらも、裕一はその詞に曲をつけた。

二人の共作となった『嗚呼神風特別攻撃隊』は昭和十九（一九四四）年十月二十九日にラジオで放送された。

戦況が悪化するほど、国民の士気を高めるための軍歌の作曲依頼は増え続けた。裕一は心を失ったかのように、求められるまま曲を書き続けた。


豊橋では、梅が五郎の身を案じていた。五郎は、戦争の道具となっている馬具を作ることに悩み続けていた。戦争反対を唱え、光子が止めるのも聞かずに信徒仲間との集会に出かけたところ、翌日になっても帰ってこない。もしやと思い光子が確かめに行くと、特高に捕まっていた。

「ほかの人は罪認めて釈放されとるらしいけど、五郎ちゃんは……」

帰宅した光子がそう話すと、岩城がつぶやいた。

「時間がないのに……」

光子がその意味を問う暇もなく、空襲を知らせるサイレンが鳴り響いた。


十一月から始まった本州への空襲は地方へと広がり、翌昭和二十（一九四五）年六月十九日の深夜から翌日未明にかけて豊橋の市街地の七割が焼き尽くされた。

関内家にも火が回り、光子は梅に、諦めて逃げようと告げた。だが梅は、原稿が置いてあるからと家の中へと戻ってしまう。

「梅ー、梅――！」

光子が叫んでいるところに岩城が来た。

「おかみさん、はい逃げてください」

「梅が、原稿取りに行ったの」

梅を追いかけようとする光子を岩城が引き止めた。

「俺が助けます」

岩城はバケツの水をかぶり、燃え続ける家の中に飛び込んでいった。


何とか火は収まった。だが、梅も岩城も戻らないまま未明を迎え、光子は茫然《ぼうぜん》としたまま焼け落ちた家の中に足を踏み入れた。熱さをこらえながら瓦礫《がれき》をどかしていくと、梅と岩城が倒れていた。

「誰か――、誰か助けてください」


八月六日に広島、九日に長崎に原子爆弾が投下された。日本は「ポツダム宣言」を受諾し、八月十五日、長きにわたった戦争が終わった。日本にとって初めての敗戦を知らせる玉音放送を、裕一は一人、東京の家で、音と華は浩二と共に福島で聞いた。

浩二はすぐに寝室にいるまさにも知らせに行った。

「母さん、戦争が終わったよ」

「そう、よがった」

五郎は釈放されるとすぐに、梅が入院する病院に駆けつけた。

「俺がばかだった。大事なのは君だったのに……」

「私もばかなの……これ」

梅は、炎で焼け焦げた缶を見せた。この中に原稿をしまっていたのだ。

「もし岩城さんが助けに来てくれんかったら、私、死んどった」

「岩城さんは？」

岩城は別の病室で休んでおり、光子が付き添っていた。五郎は光子に深く頭を下げると、岩城のそばに座って手を取った。

「岩城さん、心臓が悪かったの。ずっと……つらいの隠して私たちのために働いてくれとったんだね」

「岩城さん、すいません。自分のことばっかりで、申し訳ありません」

「先生は、もう長くないって」

光子にそう聞かされ、五郎は後悔の涙を流した。


音は、華を連れて東京へ戻ることに決め、浩二に礼を言った。

「長い間、ありがとう」

「こっちこそ。家族《かぞく》で暮らすっていいな～」

浩二は大きな袋に食料を詰めて持たせてくれた。

「持って帰って。兄さんのごど、よろしく」

音と華が久しぶりに東京のわが家に戻ると、夜だというのに明かりもついていなかった。書斎の隅で一人、膝を抱えていた裕一は、華を見ると絞り出すように言った。

「すまん。弘哉君が……亡くなった」

昼間、弘哉の母のトキコが知らせに来たのだ。弘哉が予科練に志願したのは、裕一が作曲した『若鷲の歌』に感動したことがきっかけだった。

「僕のせいだ……僕のせいなんだ……」

裕一は、震えが止まらない手を拝むように合わせた。華は書斎を飛び出し、音は裕一の手をそっと握った。

「あなたのせいじゃない。あなたは、自分の役目を果たしたの」

「……役目？　音楽で人を戦争に駆り立てることが、僕の役目なのか？　若い人の命を奪うことが僕の役目なのか！　……音……僕は、音楽が憎い」

音は、華の部屋に様子を見に行った。じっと動かない華を、音は優しく抱き締めた。

「お母さん。私、弘哉君に会いたい」

華は、音にすがりついて泣きじゃくった。

この日以来、裕一は曲を書かなくなった。

戦後、ＧＨＱ（連合国軍総司令部）の部局の一つであるＣＩＥ（民間情報教育局）は、敗戦国・日本の教育、メディア、宗教、芸術などの諸改革を指導、監督した。ＮＨＫ（日本放送協会）のラジオドラマも、ＣＩＥが認めない作品は放送できなかった。

そんな状況下で、劇作家兼演出家の池田二郎《いけだじろう》は、戦争孤児たちの姿を描くドラマの脚本を書き、ＮＨＫのプロデューサー・初田功《はったいさお》に読ませた。だが初田は、池田に原稿を突き返す。

「今、国民は戦争を忘れたい。ラジオに娯楽を求めてる。それにＣＩＥも認めないと思いますよ」

「あなた、闇市行ったことありますか？　あの子たちのまなざしに何か感じますよね」

占領下の日本、特に復員兵が多く戻ってくる都心では、食料や物資が圧倒的に不足していた。そんな中で闇市が生まれた。闇市には軍の横流し品や地方の農産物を違法に売る人々があふれかえり、多くの戦争孤児たちの姿がある。

「きっとこのドラマは、彼らに希望を与えます！　ね、やりましょう！」

何としてもと食い下がる池田を、初田はこう説き伏せた。

「まずあなたの才能を上に知ってもらうためにも、別のドラマやりましょう。ね、そのうえで、これ、考えるって条件でどうですか？」

「よし！　書いてくる」

この日も池田は闇市を訪れ、一杯十円の「残飯シチュー」で空腹を満たそうとした。残飯シチューとは進駐軍の残り物で作ったシチューで、栄養価の高さと安さで人気があった。

「こんなもん、ありがたがる時代、早く終わらせなきゃ……」

そうつぶやきながら食べていた池田は、一人の孤児が横からじっと見ているのに気付いた。腹が減っているのだろうとシチューを渡すと、孤児はガツガツと食べ始めた。

「もう少し待ってろ。元気にさせてやるから」

そう語りかけていると、別の孤児が背後から池田の財布を盗もうとした。しかし池田は素早くその手をつかんだ。

「離せ！　離せ！」

「名前は？　名前を言ったら離してやる」

「ケンだ！　ケン！」

約束どおり池田が手を離すと、ケンは駆け出した。

「覚えてろ！」

逃げていくケンに向かって池田が叫ぶ。

「おい！　ケン！　もう少し待ってろ！　お前たちの話、作ってやるからな！」

第19章 鐘よ響け

終戦から三か月が過ぎても、裕一は曲を作れずにいた。音はそんな裕一を案じながらも、豊橋の実家のことが気がかりで、様子を見に行くことにした。

吟も豊橋に帰ろうかと悩んだが、復員後、就職が決まっていない智彦が心配で、東京を離れられなかった。

智彦は、ある会社で部長の面接を受け、採用すると言われた。だがその場で、工場でくず鉄集めをするようにと言われ、受け入れることができなかった。

「自分はこれでも、長年国に奉公してきた人間です。いきなりくず鉄を集めろと言われても……」

「戦争は終わったんですよ。輝かしい経歴は何の価値もない。早くその辺に気付かないと……」

見下すような口調に腹を立てて智彦はどなった。

「こんな会社、こっちから願い下げだ！」

すると部長が机の上から、食べ終えたラーメンの丼を手にした。昼食に出前を取ったらしい。

「一杯のラーメンだって、作るの大変なんだよ。あんた、できる？　うまいの作れる？」

豊橋に向かう前、音は鉄男に、裕一の様子を見ておいてほしいと頼んでいた。

古山家を訪ねた鉄男は、書斎に籠もる裕一を見て驚く。裕一が曲作りではなく、懐中時計の組み立てをしていたからだ。拡大鏡を片手に細かな作業をしながら裕一は言う。

「することないし、気持ちが落ち着くんだ」

そんな折、劇作家の池田が古山家に来て、裕一に作曲を依頼してきた。

「ラジオドラマやりませんか？　私が書いたドラマの音楽を担当してもらいたい。先生がもう書かない？　書けない？　って噂は聞いてます。それでもあえて来ました」

「なぜですか？」

「先生の『愛国の花』が大好きだからです！　初めて聞いたとき、心が震えました。いつかこの人と仕事したいってずっと思ってました。先生が必要なんです！　お願いします！　先生！」

池田が帰ったあと、華は裕一からラジオドラマの件を聞き、喜んだ。

「いい話！　やるの？　やるよね？」

「……お父さんの音楽で、たくさんの人が亡くなった。音楽は、もういい」

裕一は話を終わらせようとしたが、華は納得しなかった。

「……今のお父さん見たら、弘哉君、どう思うかな？　きっと悲しむよ。お父さんの曲聞きたいって、思ってるよ」

華の言葉を聞き流すことができず、裕一は久しぶりに書斎で譜面を広げた。だが、譜面に目を落とした瞬間、数々のつらい記憶が脳裏を駆け巡った。裕一が作った戦意高揚の曲を歌う子どもたちや若者らの姿。そして、慰問先のビルマで目の当たりにした悲惨な光景──。

耐えかねた裕一は、机の上の譜面を払いのけた。

やはり自分には音楽は書けない。もう書かないのだと思った。

豊橋に着いた音は、生まれ育った町の変わり果てた姿にショックを受けた。実家は焼け、作業場があった所にバラックが建てられている。

光子とは、岩城の入院先で顔を合わせた。廊下で光子の顔を見るなり、音はすがりついた。

「お母さん……何にもなくなっちゃったね」

「命が助かっただけでも、よかったわ……それに……私たちの思い出は、ここにある」

胸に手を当てる光子に、音はうなずく。

「裕一さんと華は？　元気？」

「……二人とも大切な人を亡くしてしまって……華は、それでも立ち直ろうとしとるけど、裕一さんは……慰問から帰ってから、ずっと曲が書けんの」

「よほどつらい経験をしたのね。帰ったほうがいい。そばにいてあげたら？」

「岩城さんもほっとけんし、私には何《なん》もできんし」

岩城の病状は、一進一退を繰り返している。音が語りかけても、岩城は眠ったままだ。

「華も心細いよ。そばにいるだけでいいの。今こそあなたが家族を支えなきゃ。岩城さんには、私たちがいるから」

光子に言われて、音はようやく東京に戻ろうと思えた。

そこへ、梅と五郎がやって来た。

「お母さん、お姉ちゃん！　これ見て！」

五郎が野球のグローブを手にしている。

「何、これ？」

「お義母《かあ》さん、言ってたじゃないですか？　革ですよ、革」

時代の変化を考えれば、この先、馬具作りで生計を立てていくことは難しいと光子は思案していた。何かほかに革を扱う仕事はないだろうかと話していたため、五郎と梅は知恵を絞り、グローブがよいとひらめいたのだ。

「馬具の技術で、選手たちがけがしない、もっともっといいグローブを作ります！」

「よし！　岩城さんに報告しよう」

皆で病室に行き、光子は眠る岩城に語りかけた。

「岩城さん、聞こえる？　五郎ちゃんが新しい商売を考えついてくれました。関内家は、新しく出直します。早くよくなって一緒に……」

そのとき、岩城の手がピクリと動いた。光子はグローブを岩城の手に触れさせた。すると岩城の表情が少し和らいだように見えた。

音も、岩城に語りかける。

「岩城さん、長い間ありがとう。音は岩城さんのことが大好きです」


音は東京へ帰っていった。

それから数日後、泊まりがけで岩城に付き添う光子は、担当医から心の準備をしておくようにと告げられた。

深夜、光子が病室でうとうとしていると、岩城の声が聞こえた気がした。

「おかみさん……」

夢うつつの光子の耳には、こう聞こえた。

「長い間ありがとうございます。あの世で安隆さんと見守っとりますから。まあ少し頑張ってください」

光子はハッとして呼びかけてみたが、岩城は静かに眠っている。

「ありがとう。岩城さん」

それから数日後、岩城は永眠した。


智彦の職探しは、その後も難航していた。

ある日、面接を断られた智彦は、闇市の飲み屋に行った。軍服姿の智彦を見て、そばにいた二人連れの客が聞こえよがしに言う。

「のんきによく酒飲めるね。あんたらのせいで、俺ら、このありさまだよ〜」

「ねえ、こいつの話聞いてんの？　見なよ、かわいそうなガキども、み〜んな戦争で家族失ってんの、あんたらが負けなきゃこんなことには――」

智彦はつかみかかり、二対一のけんかになった。

さんざん殴られ蹴られたあげく、放り出されて智彦がうずくまっていると、一人の少年が近づいてきた。戦争孤児のケンだ。

ケンは智彦のズボンの後ろポケットから財布を取って逃げ出した。

「おい！」

何とか立ち上がって智彦は後を追う。だが足の速いケンは、智彦を振り切ろうとしていた。

そのとき、ケンは見知らぬ男に足を引っ掛けられた。転んだ拍子に財布を離すと、すぐさま男が金を抜いて立ち去った。

「くそ！」

残された財布には、陸軍の階級を表す襟章が入っていた。

追いついてきた智彦に返せとどなられ、ケンは財布を投げてよこす。すると、智彦は懸命に中を確かめ始めた。

「……これか？」

ケンは、財布から抜いた襟章を見せた。

「売っても金にはならん。返せ！」

だがケンは、襟章を手に再び逃げ出した。

ある日、相変わらず懐中時計を組み立てている裕一に、音が相談を持ちかけた。

「保さんと恵さんから、歌の先生を紹介されたの。レッスンに通ってもいい？」

吟から、また歌を始めてはどうかと勧められ、バンブーで相談してみたところ、最近常連になった人で適任者がいると紹介されたのだ。

「もちろんいいよ」


音の新しい先生は、ベルトーマス羽生《はにゅう》という女性だ。初めてのレッスンの日、発声練習の途中で羽生の友人が訪ねてきた。

「あ、まだ生徒さんいたのね、ソーリー、ん？」

エキゾチックないでたちの人物が、音を見てきょとんとしている。

「先生……」

「何回言ったら分かるの！　私は、ミュージックティーチャー」

偶然にも、かつて音の歌の先生だった御手洗清太郎《みたらいきよたろう》と羽生は友人だったのだ。


レッスンを終えて帰宅した音は、裕一に御手洗と再会したことを話した。

「え？　御手洗先生が占い師？」

「うん、海外留学中に覚えたみたいで……」

悩みや苦しみを抱える人のために、自分ができることは何かと考え、転職したのだと御手洗は言っていた。

「多才だな〜、羨ましい」

ほころんだ裕一の顔を見て、音がつぶやく。

「久しぶりに見た。裕一さんの笑顔」

「ごめん」

「まだ……曲を書くつもりはない？」

「……譜面が、怖いんだ」

「あなたが、体験したこと、背負ったこと、大変だったと思う。でも、あなたを信じてる。私は待つ」


それから一年半が過ぎた。

華は十五歳になり、裕一が組み立てた時計は十個を数える。

智彦はいまだに仕事を見つけられずにいた。毎日出かけてはいたが、当てもなく、闇市をふらつくだけの日も少なくない。

ある日、闇市の片隅で木箱を並べて寝ていると、「逃げろ！」と声がした。

見れば、ケンや幼い浮浪児たちが駆けてくる。このころＧＨＱは警察に、浮浪児を捕まえて施設に収容するようにと指示していた。ケンたちは、この通称「刈り込み」から逃げてきたのだ。

追いかけてきた警官が、幼い子どもたちを次々に捕まえていく。

「おとなしくしろ！　このごみが！」

智彦が見ている前で、ケンも捕まった。

「やめろ！　離せ‼」

警官ともみ合っていたケンは、智彦に気付くと、唐突に言った。

「父ちゃん！」

すると警官が、智彦に尋ねる。

「あんた、父親か？」

戸惑う智彦に向かって、ケンはポケットに入れていた襟章を見せてきた。


池田がまた、ラジオドラマの音楽を書いてほしいと裕一に頼みに来た。戦争孤児のドラマの件はプロデューサーの初田からのらりくらりとかわされていたのだが、初田の部下の重森正《しげもりただし》がＣＩＥの許可を得て、企画を通してくれたのだ。

裕一が追い返そうとしても、池田は食い下がった。しかたなく書斎に招き入れ、裕一は脚本を読んだ。表紙には『鐘の鳴る丘』と書かれている。一とおり読み終えて、裕一は改めて返事をした。

「僕には無理です。お断りします」

「『鐘の鳴る丘』は、戦争の悲劇からの復活を真っ向から描くドラマです。先生しか書けない」

「ど、どうして僕にこだわるんですか？　僕は、自分の歌に勇気づけられ戦場に向かう若者に、興奮していたんです。いき、生きて帰る可能性が少ないのに、悲しむ家族がいるのに、信じられますか？　許されますか？　申し訳ありません。お引き取りください」

池田は席を立ち、帰ろうとした。が、扉の前できびすを返した。

「……先生、これを……」

かばんから取り出した紙を、池田はテーブルに置いた。

「主題歌の歌詞です。俺が書きました。先生の苦しみは、到底俺には分かりません。ただ、俺は、痛みを知ったからこそ、表現できるものがあると、信じてます。苦しんでる子どもたちを励ましてください」


吟は思い切って智彦に、仕事に出たいと話してみた。

「私も何かしたいんです！　あなたを支えたいんです！」

「支えたい？　俺は、そんなに弱い人間か！　頼りない人間か！」

どなられて、吟は黙り込んだ。

「俺は、自信を取り戻したいんだ。自分でやらなきゃ意味がない！」

しかたなく吟は、厳しい現実を口にした。

「生活費もなくなってきてます」


その日、闇市を歩いていた智彦は、屋台のラーメン屋に貼られた店員募集の貼り紙に目を留めた。その瞬間、以前面接を受けた会社で言われた言葉が頭をよぎった。

「一杯のラーメンだって、作るの大変なんだよ。あんた、できる？　うまいの作れる？」

やってやる――。そう思って店に入り、店主の天野《あまの》に働きたいと告げた。

「その大層な服、脱げ。仕事の邪魔だ」

天野は軍服姿の智彦にそう命じ、まずは洗い物を片づけるように言った。店は繁盛しており、食器が山積みになっていた。


店の裏で智彦が洗い物をしていると、ケンが通りかかった。

「おう！　この前は助かった。襟章が俺を救ってくれるとはね～」

刈り込みで捕まりかけたとき、ケンは智彦に襟章を返すようなそぶりを見せた。そこで智彦は父親のふりをしてケンを助けたのだが、ケンは肝心の襟章を返さずに立ち去った。

「お前、偉かったんだな。これ見て、薬まみれの復員兵が言ってた」

ケンはまたポケットから襟章を出した。

「向こうに行ってくれないか」

「……お前、ラーメン屋、似合うぞ」

「うるさい！」

智彦が丼を投げるそぶりを見せると、ケンは笑って逃げ出した。

「アハハ、また来るわ～」

去り際に、ケンは襟章を残していった。

裕一は、音にも『鐘の鳴る丘』の脚本を読ませてみた。読み終えると音は瞳を潤ませ、主題歌の歌詞も褒めた。

「情景が浮かぶし、力強い」

「そうだよね……。苦しいけど、やってみる。書いてみるよ。この歌詞を読んだとき、一瞬だけメロディーが鳴ったんだ」

「へえ、すごい！　すごい！」

「断片だよ。ほんの少しだよ。まだできるか分からないよ」

「いいの。その気持ちが、うれしいの」


早速、書斎に籠もって譜面に向かってみたが、そう簡単にメロディーは降ってこない。そこで裕一はＮＨＫに池田を訪ねて話を聞いたり、闇市に孤児たちの様子を見に出かけたりした。

帰宅後、裕一はたまたま玄関先で話す男性たちの声を耳にした。

「お前、知らんのか？　『露営の歌』とか『若鷲の歌』とかの作曲家の家だ。作詞した西條八十とかは、引っ張られてるのに、作曲家は無罪放免らしい」

「戦争でたんまり稼いで、何のおとがめもない。羨ましいわ」

「何が『勝ってぇくるぞと勇ましく～』じゃ、全く」

「アハハハ、ようのうのうと生きてられるな」


それから数日の間、裕一は書斎に籠もりきりで譜面に向かった。鉛筆を持つ手が震え、銃声や悲鳴が耳の奥に響いても、裕一は懸命に自分に言い聞かせた。

「負けちゃだめだ、負けちゃだめだ、負けちゃだめだ」

食事もろくに取らない裕一のために、音が具だくさんのみそ汁を用意して、書斎に持ってきた。

「少しは食べないと……」

「書けない。どうしても、書けない」

「裕一さん。あなたの行いが正しいのか間違いなのか、私には分からないけど……かわいそうだよ。もう自分を責めないで。許してあげて」

「……音、いいのかな？」

不安げな裕一の目を見つめて、音は深くうなずいた。


翌朝、音が書斎に朝食を運んでいくと、裕一は机に伏して眠っていた。顔の下には譜面があり、サインがされている。もしやと思い、音は裕一を起こさないよう、そっと譜面を引き抜いた。

そこには、音符が躍っていた。裕一は、ついに書き上げたのだ。

感激の声が漏れそうになるのを何とかこらえ、音はささやくような声で譜面どおり歌ってみた。

♪緑の丘の赤い屋根　　とんがり帽子の時計台
鐘が鳴ります　キンコンカン　　めえめえ子山羊も啼《な》いてます

歌ううちに、涙が込み上げてきた。

いつの間にか目を覚ました裕一が音の歌声を聞いている。音が笑いかけると、裕一はとびきりの笑顔を返してきた。

ラジオドラマ『鐘の鳴る丘』は、昭和二十二（一九四七）年七月五日から放送を開始した。主題歌は『とんがり帽子』。復員した青年が、戦災孤児のために居場所を作る奮闘の物語は、戦争で傷ついた人々を励まし、勇気づけた。当初は一話十五分の土・日放送だったが、もっと聞きたいというはがきがＮＨＫに殺到し、半年後には月曜から金曜まで週五回の放送となった。これが、今に続く「連続テレビ小説」の基となった。

池田が裕一に、新たな仕事を持ちかけてきた。今度は『長崎の鐘』という本を原作にした映画の主題歌の依頼だ。

『長崎の鐘』は、原爆投下後の長崎の現実を医師である著者が克明に描いた随筆だ。映画の主題歌の詞は、童謡『ちいさい秋みつけた』や、占領下の日本を象徴する『リンゴの唄』の歌詞も手がけたサトウハチローが書き上げていた。

裕一が、『長崎の鐘』の著者・永田《なが》武《たたけし》に会いたいと伝えたところ、池田は喜び、すぐに手配をしてくれた。

長崎に着いた裕一は、鐘がある広場へ向かった。そこで永田の妹と待ち合わせをしているのだ。

「古山さんですか⁉　ようこそいらっしゃいました。私、永田の妹のユリカです」

ユリカは明るい笑顔で迎えてくれた。

「お世話になります」

裕一が組木で吊られた鐘を見ていたのに気付いて、ユリカが言う。

「本の題名になった『長崎の鐘』です。大人も子どもも兄も私も、みんな一緒になって掘り起こしたとです」

原爆投下後、瓦礫に埋もれていた教会の鐘を、永田が中心となって掘り起こしたのだ。

ユリカを見つけて、元気な子どもたちが駆け寄ってきた。戦争で親を亡くした子たちが暮らす施設で、ユリカは働いているという。


ユリカは、永田が暮らす「如己堂《にょこどう》」に裕一を案内してくれた。

「兄はこちらで、寝泊まりしながら執筆活動をしとります」

如己堂という名には「汝《なんじ》の近きものを、己の如《ごと》く愛すべし」という意味が込められている。仕事に戻るというユリカと別れ、裕一は永田と対面した。

永田は簡素な部屋で、寝巻き姿でベッドに横になっていた。

裕一は緊張しながら挨拶をした。

「こ、古山裕一と申します。このたびは、訪問を許してくださり、ありがとうございます」

「白血病で、寝たきりになってしもうて、こんな格好で失礼。それで、私に聞きたかこととは？」

「先生の体験です。どんな気持ちで、治療に当たられたのか？」

原爆投下後、永田はみずからも重傷を負いながら命懸けで被爆者の救護活動を行った。

「歌詞は見られたとですか？」

「はい」

「すばらしか歌詞だ。そのうえで、私ん気持ちなど要りますか？　それに、私ん気持ちは、本につづりました」

「題材が大きすぎて、どこから着想していいか、分からないのです。何かきっかけが欲しいのです」

「あなたは、『露営の歌』や『暁に祈る』を作ったとでしょう。国を背負う大きか歌だ。私も戦争に二度行きました。よく歌いましたよ」

「……すいません」

「なぜ謝るとですか？」

「僕の歌がきっかけで、死んでいった若者がたくさんいます。彼らのため、僕はこの歌を作りたいのです」

「贖罪《しょくざい》ですか？　私は、『長崎の鐘』をあなたご自身のために作ってほしくは、なか。原爆は、兵隊でもなか普通に暮らす何万もの命をたったの一発で奪いました。焦土と化した長崎、広島を見て、ある若者が『神は本当にいるのですか？』と私に問うたとです。私は、こう答えました。『落ちろ！　落ちろ！　どん底まで落ちろ！』その意味、あなたに分かりますか？」

「……分かりません。教えてください」

「……自分で見つけることが、きっかけになるはずです」

　東京では、智彦がラーメン屋での仕事に苦戦していた。働き始めて二か月が過ぎても、ねぎを刻むことさえうまくできず、天野にどなられてばかりだ。

智彦はラーメン屋で働いていることを吟には伝えていなかった。吟にとっては、夫が毎日仕事に出かけていくが、何をしているのかは分からないという日々が続いていた。

不安が募り、吟は音にその話をした。

「夜も遅いし、変な匂いがするし」

「お姉ちゃん……行動するときよ！」

音に言われるまま、吟は出勤する智彦の後をつけることにした。

朝、玄関で智彦を見送ると、慌てて男物の服を着、帽子を目深にかぶって家を出た。

智彦に気付かれないようについていくと、闇市のラーメン屋に着いた。仕込みを始めた智彦を見て、吟は驚愕し、その足で古山家に行って尾行の結果を音に話した。

「あの人がまさか……私がお金をせびったからだわ」

「そうとは限らんよ。ラーメン屋の仕事、好きなのかも」

「好きなら言うよ……お金のために無理しとる」

その日の夜、閉店後のラーメン屋で、智彦はねぎを刻む練習をしていた。

「うまくならねえなあ」

声の主はケンだ。智彦から包丁を取ると、ケンは慣れた手つきでねぎを細かく刻んでみせた。

「父ちゃんは戦争行っちまったし、母ちゃんは病気だったから、毎日、弟と妹のために作ってたんだ……ま、食べ物探してる間に、みんな空襲で焼けちまった」

「そうか……つらいな」

「つらくねえよ。弟や妹に申し訳ないだけだ」

「……お前……いいやつだな。……ねぎの切り方、教えてくれないか？」

智彦が頼むと、ケンの顔がパッと明るくなった。


長崎にいる裕一は、永田の言葉の真意がまだつかめずにいた。

ユリカは兄に、裕一が三日間も教会の聖堂に籠もって考え込んでいると報告した。

「あの人は、真面目すぎる。自分を見つめても見つからんのだがな……あそこに……」

「分かりました。お連れしますけん」


ユリカは、原爆投下直後に永田が治療を行った場所へと裕一を案内した。

「右側頭部の動脈切断。血が全然止まらんとに、まるでとりつかれたように、救助活動を続けていました。義姉《あね》が亡くなった悲しみなどみじんも見せんで……あのときの兄の気迫は、すさまじかったです」

そしてユリカは、焼け残った壁を指さした。

「その壁の裏をご覧ください」

壁の裏に回ると、すすけた十字架や焼け跡のあるマリア像があり、その横に『どん底に大地あり』と記されていた。


その晩、吟は、帰宅した智彦に、仕事の話を切り出そうとした。ところが、智彦は意外なことを口にする。

「就職が決まった。同期の松川《まつかわ》の家が大きな貿易会社なんだ。新しい部署を作るからお前に任せたいって誘ってくれた」

ラーメン屋に訪ねてきた軍隊での同期が、願ってもない話を持ってきてくれたのだ。智彦は、閉店後に現れたケンにも、ラーメン屋は辞めることにしたと伝えていた。

初出勤の日、スーツ姿で智彦が松川の会社に行くと、個室が用意されていた。立派な机に革張りの椅子が用意されているのを見て、智彦は驚いた。

「反対もあったんだけどな。将校には将校にふさわしい待遇がある。戦争では負けたが、今度は経済で世界を見返してやるんだ！　頼むぞ！」

松川に言われて、智彦は力強くうなずいた。


裕一はその後、ユリカから、鐘を掘り起こしたときの話を聞いた。

「二つの鐘があったんですよね？」

「はい。小さい鐘は粉々でしたけん、瓦礫の中から大きな鐘が、しかも無傷で見つかったときは信じられませんでした。家も愛する人も、何もかも失った人たちが、何かにすがるように必死で鐘を掘り起こしました。そして……その年のクリスマスに、初めて鐘を鳴らしました。焦土と化した長崎の町に、鐘の音が再び響きわたったとです。あのときの感動は、一生忘れません。鐘の音が、私たちに生きる勇気を与えてくれました」

「……ありがとう。ようやく気付きました」

笑顔で礼を言う裕一の頬を涙が伝っていた。

すぐに如己堂に駆けつけると、裕一は荒い息で永田に尋ねた。

「希望……ですか？」

永田はうなずき、こう続けた。

「神の存在を問うた若者のように、なぜ？　どうして？　と自分の身を振り返っとるうちは、希望は持てません。どん底まで落ちて、大地を踏み締め、共に頑張れる仲間がいて初めて真の希望は生まれるとです。その希望こそ、この国の未来を作ると、私は信じています」

「僕もその若者のように、自分のことになってました」

「……戦争中、あなたは人々を応援しとった。戦争が終わった今、あなたがやるべきことは何ですか？」

「同じです……応援する歌を作り続ける！」

「希望を持って頑張る人に、エールを送ってくれんですか」

「はい！」

東京へ戻る汽車の中で、裕一は一気に『長崎の鐘』の曲を書き上げた。

その後、裕一の強い希望で、歌手は山藤《やまふじ》太郎《たろう》に決まった。山藤は捕虜の経験があり、南方の最前線まで慰問に行った、ただ一人の歌手だった。

録音当日、山藤は四十度の高熱を出していたにもかかわらず、裕一が見守る中、見事に歌い切った。

♪こよなく晴れた青空を　　悲しと思うせつなさよ
うねりの波の人の世に　　はかなく生きる野の花よ
なぐさめ　はげまし　長崎の　　ああ長崎の鐘が鳴る

『長崎の鐘』のレコードは大ヒットし、後に公開された映画と共に国民に大きな力を与えた。

永田からは、曲の礼にと自作の短歌が送られてきた。

『新しき朝の光のさしそむる　荒野にひびけ長崎の鐘』

智彦はその後、貿易会社での仕事に熱心に励んでいた。

「お前、評判いいぞ。候補は何人かいたんだがな、お前に決めてよかった」

松川から言われて、智彦は改めて尋ねた。

「どうして俺だったんだ？」

「同期がラーメン屋なんて、恥ずかしいからな。笑いものにされてるの見てられないだろう。感謝してくれよ、友に」

その晩、仕事帰りの智彦はケンに会おうと闇市に寄った。

「おい！　久しぶり！　チョコレート持ってきたぞ」

ケンはござをかぶって寝ていた。返事をせず、ござを剥ぎ取っても動かない。不安になって額に触れてみると、ひどく熱かった。

すぐに智彦はケンを病院に連れていき、診察してもらった。二、三日休めば大丈夫だと診断されてほっとしていると、果物と着替えを抱えて吟が病室に入ってきた。

「言われたもの買ってきた。この子、誰なの？」

「俺の、友達だ」


翌日も、智彦は仕事帰りに闇市へ行った。ラーメン屋の様子を見に行くと、相変わらず繁盛しており、客たちがうまそうにラーメンをすすっていた。

帰宅すると、どういうわけかケンがおり、吟の手料理をもりもりと食べていた。驚く智彦に、吟が言う。

「ほっとけないから、強引に連れてきちゃった」

ケンは夕飯を済ませると吟が敷いた布団に入り、すぐに眠りに就いた。

この夜、吟は初めて智彦と一緒に晩酌をした。飲みながら智彦は、松川に言われた言葉を吟にも聞かせた。

「本人は悪気はないんだ。ふびんな俺を救ったって思ってる。実際そうだ。そうなんだけど、言われたとき、ものすごく怒りが湧いた。前は俺も見下してたのに……」

「ラーメン屋に戻りたいの？」

「分からないんだ。なぜこんな気持ちになるか……」

「……昔ね……迷ってる裕一さんに、人のためだから、軍人は命を懸けて戦えるって……あなた言ったの。あなたの誇りは、軍人である誇りじゃない。人のために命を燃やせるのが、あなたの誇り。私はそう信じて、あなたについてきました。貿易会社でもラーメン屋でもどちらでもいい。その生き方ができる選択をしてほしい」

「……吟、ありがとう」


その後、智彦は貿易会社に辞表を出し、天野に三日間頭を下げ続けて頼み込み、ラーメン屋の仕事に戻った。ケンは、時々、吟の手料理を食べにやって来るようになった。

それから一か月後、天野は代々木《よよぎ》に店を構え、屋台は智彦が引き継ぐことになった。

すると智彦は、ケンにこう持ちかけた。

「お前、ラーメン屋手伝え。うちに住み込みで」

「住み込み⁉　俺は一人が好きなんだ」

「吟も望んでる。頼む」

「……ま、飯がうまいから、いいぜ」

こうしてケンは、智彦・吟夫婦と家族同然に暮らすようになった。

第20章

栄冠は君に輝く

『長崎の鐘』のヒット以降、裕一には仕事が殺到し、意欲的に曲作りに取り組んでいた。

音は、その後も羽生のレッスンを受け続けている。ある日、音は羽生に『長崎の鐘』の作曲者は自分の夫だと話した。

「すばらしいわ。あなたも負けていられないわね」

そう言って羽生は音に、オーディションの募集チラシを手渡した。

「『ラ・ボエーム』のオーディション。受けてみる気、ある？」


帰宅後、音は裕一にオーディションの件を相談した。

「やれるかなぁ」

「先生が勧めてくれたんだろ？」

「でも、休んでた期間も長かったし」

「そのためにレッスン行ってるんでしょう。音はやりたくないの？」

「……やりたい」

「だったら」

「……よし、受けてみるか！」

その後、音は御手洗の占い部屋を訪ね、オーディションへの挑戦を決意したと伝えた。

「何それ、つまり受かったら帝都劇場の舞台に立てるってわけ？」

「狭き門ですけどね」

「そりゃあ、簡単にはいかないでしょうけど、あなたは根性あるし、勘も取り戻してきてるって聞いてるわ。ミラクルが起こる可能性は十分にある。占ってあげる！」

「あ、いいです！　悪いカードが出たら怖いし」

「そんな弱気なこと言って。まあ、でも気持ちは分かるわ。私もコロンブスのオーディション受けたときは、毎日ドキドキしてたわぁ。そういえば、あいつ、どうしてるの？」

「あいつ？」

「プリンス久志」

「ああ……。福島に帰って以来、連絡ないんですよね。元気にしてるといいんですけど」

「彼のことだから、またひょっこり現れるんじゃないの。『みんな！　お待たせ！』なんて言って」

「だといいんですけどね……」

この日、裕一は懐かしい人物と再会した。慰問に行ったビルマで出会った、新聞記者の大倉憲三だ。

「またこうしてお目にかかれてうれしいです」

大倉は今、「朝一新聞社」の大阪本社学芸部におり、仕事を依頼しようとはるばる大阪から裕一に会いに来た。

「私《わたくし》どもが主催している『全国中等学校野球大会』が、今年から『全国高等学校野球選手権大会』と名称が変わるのを受けまして、新しい大会の歌を作ろうという話になりまして。それをぜひ古山先生に作っていただきたいんです」

大会が節目の三十回目を迎えることもあって、歌詞の公募を行っており、その審査も裕一に頼みたいという。

「戦争が終わってから、改めて先生の曲を聴きました。ラジオから流れてくる『とんがり帽子』。『長崎の鐘』。心を打たれました。スポーツを謳歌《おうか》できる自由な時代がようやく到来した今、未来ある若者たちを応援する曲を書けるのは、古山先生しかいないと確信したんです！」

大倉の熱の籠もった言葉に、裕一は心を動かされた。

「ありがとうございます。僕でよければ……喜んで」

「ありがとうございます!!」

この話を聞くと、音は感慨深げに言った。

「ビルマで一緒だった方とお仕事するなんて。どこでご縁がつながるか分からないものだね」

「うん……思い出してもらえて、うれしかった。歌詞の審査もあるし、これからちょくちょく大阪に行くことになるかもしれない」

「分かった。お土産よろしくね」

するると、学校から帰ってきた華が話に入ってきた。

「大阪？」

「そう。お父さん、高等学校野球大会の歌を作るんだって」

「へっ⁉　野球⁉」

華が不自然なほど大声を上げたので、音は不思議に思った。

「……どうしたの？」

「……ううん、何でもない。……着替えてくる」

だが音には、何でもないようには到底思えなかった。


ある日、鉄男がコロンブスレコードに裕一を訪ねてきた。

「悪《わり》がったな、仕事《しごと》中に邪魔して」

「ううん。顔出してくれて、うれしいよ」

鉄男は戦後、作詞の仕事を再開しており、レコードも発売されていた。

「『港の恋唄』、よかったよ。明るい歌に聞こえるけど、鉄男の歌詞が切ないんだよね。木枯君と鉄男の組み合わせ、好きだなぁ」

そう語る裕一を見つめて、鉄男はしみじみと言う。

「……よがったよ。元《もど》の裕一がようやぐ帰ってきた」

「……心配かけたね」

「まだ、いつか一緒に曲《きょく》作ろな」

「うん」

そこに、藤丸が現れた。

「お二人がこちらにいるって聞いたもんだから。お二人ともご活躍ね」

そう言う藤丸も歌手を続けており、キャバレーで歌ったり、時折レコードを出したりしている。

「その手、どしたの？」

藤丸の手に巻かれた包帯を見て、鉄男が尋ねた。

「ああ……やけどしちゃって。……お二人とも、このあと少し、時間ある？」

藤丸は、裕一たちを闇市の一角に連れていき、小さな家に案内した。中に入ると、すさんだ部屋の隅で、背を丸めた男が酒を飲んでいた。

「また飲んでんの？　いいかげんにしなさいよ」

藤丸が声をかけると、汚れた服にボサボサ髪の男が振り返った。その顔を見て、裕一と鉄男は息をのんだ。

「久志!?」

久志は、不思議そうな顔で裕一たちを見ている。

「……どちらさん？」

驚愕する裕一たちを見て、久志は突然笑いだした。

「冗談だよ。ハハハハ！」

「おい、ふざげんなよ」

鉄男が怒っても、久志はヘラヘラと笑っている。

「ごめんごめん。久々の再会には、サプライズがあったほうがおもしろいかと思ってさ。……まぁ、このままでも十分サプライズか。アハハ」

「……なんでこんなどごいんだ。なんで連絡してこねがった」

「どうでもいいじゃない、そんなこと」

その態度を見かねて、藤丸が久志をどなった。

「あんた、いいかげんにしなさいよ！」

「君もだよ。なんでこんな人たち連れてくるの。ほんとに、いつもよけいなことばかりするよね」

「そんな言い方《がだ》ねえだろ！」

「お。相変わらず熱いねー」

からかい口調の久志に鉄男がつかみかかろうとし、裕一が慌てて止めに入った。

「……とにかく、会えてよかった。また来るから」

その後、裕一と鉄男、藤丸は一緒に古山家に向かった。音も交えて事情を聞くと、藤丸は、半年前に偶然闇市で久志と再会した、と話し始めた。

「詳しいことは話してくれないんだけど……どうやら農地改革で、福島の土地もお屋敷も取られてしまったみたいで」

戦後、GHQが行った農地改革によって、地主は一定の土地しか所有できなくなり、それ以外の土地は国に買い上げられて、小作人に安く売り渡された。

「持ってた土地を二束三文で買いたたかれて、小作人も離れて収入もなくなって……お父さんも亡くなられたって。あの人、戦争中は福島で慰問に回ったりしてたみたいだけど、お父さん亡くなってからは歌もやめたみたい。こっち来てからはお酒と博打《ばくち》に明け暮れて、どうしようもない暮らしをしてるもんだから、時々、食事を差し入れたりしてたの」

そのたびに藤丸は生活を立て直すように言い聞かせたが、久志は聞く耳を持たなかった。藤丸の手のやけどは、差し入れのうどんを久志に拒まれた際に、熱い汁がかかって出来たものだった。

「落ちぶれた姿を友達には見られたくないだろうと思って黙ってたんだけど……私一人じゃ、もうどうにもならなくて……」

「藤丸さん、大変だったね。……明日にでも、また久志と話をしてみるよ」

裕一の言葉に、藤丸はようやく安堵の表情を見せた。

「ありがとうございます……」

約束どおり裕一は、翌日も久志を訪ねた。だが久志は柄の悪い連中と麻雀《マージャン》に興じており、裕一を追い返した。

その後、鉄男もたびたび久志に会いに行ったが、久志は旧友二人を拒み続けた。

「どうすりゃいいんだろう」

困り果てている裕一を音が励ました。

「時間をかけるしかないのかも。……でも、まずは命が無事でよかったよ。元気で生きてるなら、きっと何とかなる」

「……そうだね」


翌日、裕一は大阪の朝一新聞社に出向いた。到着すると、大倉から、一緒に高等学校野球大会の大会歌の歌詞を審査する斎藤《さいとう》、富田《とみた》、大谷《おおたに》を紹介された。

「お目にかかれて光栄です。『紺碧《こんぺき》の空』、大好きなんです！　僕、早稲田《わせだ》なんですよ」

「『大阪タイガースの歌』も先生の作品ですよね」

歓迎され、和やかに挨拶を交わしているところに、大倉の上司の幡ケ谷《はたがや》もやって来た。

「古山です。このたびはお世話になります」

「……ああ、どうも」

にこりともしない幡ヶ谷の態度が、裕一は気にかかった。

歌詞の応募作は力作ぞろいだった。その中で裕一は『栄冠は君に輝く』という歌詞に惹《ひ》かれた。

「一見、勝った人に向けた歌に見えますが、よく読むと、負けた人への温かいまなざしも感じるというか……。勝ち負けではなく、精いっぱい頑張っている人たちすべてに向けた歌。僕はそんなふうに感じました」

幡ヶ谷は相変わらず難しい顔で聞いている。だが大倉や斎藤たちは裕一に賛同してくれた。

大会歌の歌詞は『栄冠は君に輝く』に決まった。しかし、その後の曲作りは難航した。考え込むうちに裕一は、作詞をした多田《ただ》良介《りょうすけ》の経歴書に目を通した。そこには、多田が毎日のように野球場で試合を観戦するうちに歌詞が浮かんできたと書かれていた。

裕一は、自分も甲子園《こうしえん》球場へ行ってみようと思い立ち、大倉に連絡を入れた。

翌日、大阪に着くと、大倉が球場の見学許可を取ってくれていた。

裕一は五線紙のノートを手にグラウンドに入り、マウンドに立ってみた。球場内を見回し、空を仰いで、大会の様子を思い浮かべてみる。

熱戦を繰り広げる球児たち。その懸命な姿に贈られる観客たちの声援……。

その光景を思い描くうちに、耳の奥にメロディーが響いてきた。ようやく聞こえてきた音を逃すまいと、裕一はマウンドにしゃがみ込み、五線紙にペンを走らせた。

東京に戻って『栄冠は君に輝く』の曲を書き上げると、裕一は久志の家を訪ねた。

「久志、いる？」

寝ぼけ顔で出てきた久志は、安眠の邪魔だと扉を閉めた。それでも裕一は、扉越しに久志に語りかけた。

「君に、歌ってほしい曲がある。高等学校野球大会の歌。君の声にぴったりだと思うんだ。譜面だけでも、一度見てもらえないかな……」

返事はなかったが、しばらくすると扉が開いた。

「……本当に分からない人だね、君は。……同情なんてごめんだ。僕を案じてくれてるなら、もう関わってこないで。君の顔を見ると、気分が沈むんだ」

そこまで言われると、裕一は何も言えなくなった。

「もう昔とは違うんだよ」

とどめのひと言と共に、久志は扉を閉めた。

音はこの日、羽生のレッスンを受けに行っていた。

レッスン後に帰宅すると、家の前で華が男子学生と話をしていた。坊主頭の爽やかな男子学生に、華が言う。

「あの、次の試合、頑張ってください！」

「うん。今度はホームランを打つ予定」

音は、男子学生が笑顔で去るのを見届けてから、華の背中をたたいた。

「わっ……!!」

華は驚きの声を上げたが、慌てて平静を装った。

「……ただいま」

「ねえ、誰？　今の誰!?」

「……隣の学校の人」

「え、どうやって知り合ったの？」

「……友達の友達。もういいでしょ」

「すてきな子じゃない。ホームランって言ってたよね」

野球をやっているのかと音は尋ねようとしたが、華に遮られた。

「お父さんには言わないでよ。面倒くさいから」

この日の晩、鉄男も久志の家を訪ねた。

「……また、うるさいのが来た」

顔を見るなり言われたが、鉄男は構わず求人のチラシを見せた。

「とりあえず、何でもいいから働《はだら》げ。こんな自堕落《じだらぐ》な暮らししてで、情げなぐねえのが」

「相変わらず堅いな。僕はこの生活、結構気に入ってるんだけど。どうしてみんな他人のおせっかいを焼きたがるんだろうね。さっきも裕一が来たよ。野球大会の歌を歌えって」

「え……」

「今さら歌なんかやれるわけないのに。すぐにお引き取り願ったよ。しかし彼も、なかなかやるよね」

「……どういう意味だ」

「戦時中は戦時歌謡、戦争が終われば平和の歌。時代の波に乗るのがうまい」

「……お前《めえ》、それ本気で言ってんのが。裕一がどれだけ苦しんできたど思ってる。自分だけ不幸だど思ったら大間違《おおまぢが》いだぞ。誰もが大変だったんだ。みんな、それ必死に乗り越《ご》えようどしてんだよ！」

「……言いたいことはそれだけ？　終わったなら帰ってくれる？」

「ふざけんなよ！」

鉄男が胸倉をつかんだところに久志の麻雀仲間の犬井《いぬい》が現れ、二人を止めた。

「おいおい、何やってんだコラ」

だが鉄男の怒りは収まらず、振り上げた拳が犬井の頰をかすめた。

「って！　何すんだ、この野郎！」

犬井にすごまれても、鉄男は久志をどなりつける。

「いづまでもひねぐれでんじゃねえぞ！　おい、何とが言えよ！」

久志は黙ってにらみ返した。犬井は、二人にけおされて押し黙っている。

やがて久志は鉄男に背を向け、家を出ていった。

「……くっそ！」

やり場のない怒りを吐き出すと、鉄男は犬井のほうに振り返った。

「……悪《わり》がった」

「あ、いえ……」

翌朝早く、裕一と音は、玄関をたたく音で目を覚ました。何事かと二人で出てみると、藤丸が立っていた。

「久志さん、来てませんか」

「来てないけど……どしたの？」

「いなくなったんです。夕べ遅くに、血を吐いて……」

藤丸が食事の差し入れに行くと、久志が血を吐き倒れていた。その後、近所に住む犬井が訪ねてきて、久志に酒をやめるように言い聞かせた。

「すぐにやめないと死ぬぞ」

ところが、憔悴《しょうすい》した久志は犬井に笑って答えた。

「構わないよ。この世に特に未練もないし」

藤丸はそのまま朝まで付き添っていたのだが、少し目を離した隙に久志は姿を消してしまった。

「……まさかあの人、変なこと考えてるんじゃ……」

おびえる藤丸に、裕一が言う。

「……僕、捜してきます」

鉄男にも知らせるようにと音に頼んで、裕一は家を出た。

鉄男と二人で闇市を捜し歩いたが、久志は見つからない。そうするうちに久志の麻雀仲間の関《せき》を見つけた。関は、朝方、駅の近くで久志を見たと言う。

そこに藤丸が、音と一緒にやって来た。

「あの人、福島に行ったのかも。この前、酔っ払いながら言ってたの。もうすぐお父さん亡くなって一年だって」

裕一はすぐに福島へ向かい、久志の実家を訪ねた。久志が少年時代を過ごした屋敷ではなく、農地改革後に引っ越した家だ。そこで久志は、一人で父の位牌《いはい》に線香を上げていた。

「……やっぱり、こっち帰ってきてだんだね」

「……なんでここが？」

「昔、久志が住んでた家のご近所さんに聞いた。……今日がお父さんの命日だってごども」

「……ご近所さんね。あの人たち、父さんの一周忌なのに、誰一人来やしない。……父さんに頼るだけ頼って、農地改革のあとには手のひら返して……人間って怖いよな。父さんは自分の利益なんて二の次で、いつも人のこと、いちばんに考える人だったのに……」

久志は父の遺影を見つめ、苦しい胸の内を明かした。

「僕が東京で音楽やりたいって言ったときも、頑張れって送り出してくれた。だから……絶対に成功したかったし、デビューも喜んでくれてるものと思ってた……。けど……」

一年前の父の通夜のあと、久志は弔問客たちの噂《うだ》話を耳にした。

「気の毒《どぐ》になぁ。心労がただったんだべ。戦争の歌《うだ》なんか歌《うだ》って、あんたんどごのせがれは戦犯みでえなもんだってよ。ずいぶん悪口《わるぐぢ》言わっちだんだわ」

「久志君も、歌手なんてやんねえで、こっちで父ちゃんの跡《あど》でも継いでれば、こだごどにはなんねがったんじゃねぇが」

以来、久志は、自分を責め続けていた。

「僕の選んだ道が、父さんを苦しめた……。分からなくなったんだ。これから、どう生きていったらいいのか」

もがき苦しみ続けてきた久志に、裕一はかける言葉が見つからなかった。

裕一と久志は、一緒に東京へ戻った。深夜、二人で久志の家に着くと、藤丸がいた。

「あぁ……！　帰ってきた……よかった……。何やってんのよ。心配かけんじゃないよ！」

「心配してくれなんて――」

頼んだ覚えはない、と言いかけたところで藤丸が泣きだした。涙にくれる藤丸を見て、久志は黙り込んだ。


裕一は、久志の力になりたいと願いながら、何をすべきかが分からずにいた。そのため、『鐘の鳴る丘』の打ち合わせ中もつい考え込み、池田にたしなめられた。

「好きな女でもできたか」

「僕は妻一筋です。……幼なじみが、生きる気力をなくしてしまって……お酒と博打に溺れる暮らしをしてるんです」

「そんなの本人の問題だろ」

「……見ていられないんです。立ち直ってほしいんです。……もう一度、歌ってほしい……」

「歌？　そいつは歌手か。幼なじみの歌手……あー。佐藤久志か」

「いや、ええっと……」

「『露営の歌』だよな。確かにいい歌手ではあるよな」

そのとき、裕一にある考えが浮かんだ。

「池田さん……彼を説得してくれませんか？」

「はぁ？　なんで俺が」

「今、いい歌手だって言ったじゃないですか」

「それとこれとは関係ないだろ」

「池田さん、人を説き伏せるの、うまいじゃないですか。お願いします！　お願いします！」

　裕一は、拝み倒して池田を久志の家へ連れていった。池田は家に入ったとたんに遠慮のない言葉を口にした。

「なんだなんだ、湿っぽいとこだな。かび生えそうだな」

「劇作家の池田さん。『鐘の鳴る丘』でご一緒してるんだ」

「そんなご立派な方が、何のご用ですか」

「カモりに来たんだ。博打やってるって聞いたから」

　予想外の池田の返答に裕一は慌て、久志は不愉快そうな顔をした。

「面倒くさい人、連れてこないでくれるかな」

　すると池田は、久志を挑発する。

「負けるのが怖いか。まー弱そうな顔してるもんな」

　そして池田は、近くに転がっていたさいころを拾い、久志に勝負を挑んだ。

「丁が出たら俺の財布の有り金、全部くれてやる。半が出たらおごれ」

勝負は池田が勝ち、久志は食事をおごるはめになった。二人は智彦の店に行き、ラーメンを食べた。

「俺はね、ねぎにはうるさいよ。水っぽかったり不ぞろいだったりすると、何だこの店は、ってなるよ。それで言うと、このねぎは完璧！　大将、さすがだねぇ！」

智彦を褒めていたかと思うと、池田は久志に向かって指図する。

「おい、スープも全部飲めよ。大将渾身《こんしん》の味なんだからよ」

「……あなた、本当は何しに来たんですか？」

池田は、スープを飲み干してから久志の問いに答えた。

「まぁ、強いて言えば、暇つぶしののぞき見ってとこか。古山がえらく熱心でな。どうしても友達を助けたいって。俺はさ、この年まで生きてきて、友達って呼べる人間に出会ったことないんだよ。人は裏切るし、信用すれば痛い目見る。そう思って生きてきた。けど、あいつはどうだ。一点の曇りもなく、心の底からあんたを生涯の友と言い切って、何としても助けたいとさ。俺からすると未知の世界なもんだから、ちょっとのぞいてみるかって。ただの気まぐれだ」


翌日、裕一がＮＨＫのラジオスタジオに入ると、池田が原稿用紙を手渡してきた。

「何ですか？」

「十倍にして返せって言っとけ」

そこには、久志のための歌詞が書かれていた。タイトルは『夜更けの街』。裕一は、その原稿を手に久志を訪ねた。

「すごくいい歌詞なんだ。久志、この歌でレコードを出さないか。曲は僕がつける。コロンブスに話をしたら、すぐに録音できるって。君は実績があるからね。どうかな。僕は、また久志と一緒に音楽を作りたい」

　すると、黙ったきりの久志に代わって藤丸が口を開いた。

「裕一さん。お気持ちはありがたいんですけど……しばらくはそっとしておいてもらえますか。体調も万全じゃないし、ブランクもあるし、いきなり録音っていうのは……」

「……いいよ。歌うよ」

　唐突な久志の返答に、藤丸が驚いている。

「……ちょっと、本気で言ってる？」

「早いとこ、曲つけてよ」

「分かった！　すぐに作るよ。あぁ、よかった。ありがとう！」

　数週間後には、久志の復帰作『夜更けの街』のレコーディングが行われた。

　当日、久志は身なりを整え、藤丸と一緒に現れた。裕一、池田、鉄男、杉山が立ち会って、レコーディングが始められたが、いざマイクの前に立つと、久志は緊張のため歌いだすことができなかった。それを見て、藤丸がブースに入っていった。

　イントロが流れ、歌いだしのタイミングになると、藤丸は久志の背中に触れた。久志は、今度は歌いだすことができた。

　一度歌い始めると、久志はブランクを感じさせない歌声を披露した。裕一も鉄男も、久しぶりに聞く久志の歌に胸を打たれた。だが、池田だけは満足しなかった。

「もう一回行くぞ。もっともっとできんだろ。力、出し切れよ」

池田の言葉に奮起し、久志は再びマイクに向かった。

数日後、裕一と鉄男はバンブーに行き、保と恵に久志のレコーディングが無事に済んだことを話した。

「次は、福島三羽ガラスのレコード聞けるかな？」

恵に言われると、裕一も鉄男も胸が躍った。

「一度《いちど》、三人で打ち合わせすっか」

善は急げということで、二人はすぐに久志に会いに行くことにした。

久志の家に着くと、暗い顔の藤丸が裕一たちを出迎えた。見れば、久志が泥酔している。鉄男は久志から酒を取り上げ、どなりつけた。

「やめろ！　歌《うた》えなぐなったらどうすんだ。せっかぐ、まだレコード出せだんだろが」

「どうだっていいよ、そんなの。……あの曲を歌ったのは、金が必要だったから。それだけだ。博打の借金を清算したかったんだ。裕一、ありがとな。これでまたしばらくは遊んで暮らせるよ」

鉄男は怒りを通り越してあきれて立ち去り、藤丸も面倒を見切れないと出ていった。

久志はレコーディングのあと、闇市の男たちが『露営の歌』のポスターを破いて燃やしているのを目にして、再び自暴自棄になっていたのだ。

一人残った裕一は、必死で自分の思いを口にした。

「久志はやっぱり、歌うべきだ。僕は……僕は、『夜更けの街』に心を揺さぶられた。あれはお金欲しさで歌った歌じゃない。ちゃんと魂が籠もってた。僕だってそれぐらい分かるよ。……また来る。何度でも来るから」


後日、裕一は改めて、久志に『栄冠は君に輝く』を歌ってほしいと頼みに行った。

「さっき大会本部の大倉さんから、誰か歌手を推薦してほしいって頼まれた。君の名前を伝えた。『夜更けの街』を聞いて、改めて思ったんだ。久志の歌声で、この曲を完成させたい。とにかく一度、楽譜を見てほしい」

「……本当にしつこいね」

それでも裕一は、久志の家に楽譜を置いて帰った。


数日後、久志は古山家に向かった。玄関前まで行ったが、中に入る決心がつかず、うろうろしていると、華と音に見つかってしまった。

音は、久志を居間に招き入れてお茶を出した。

「元気そうでよかった。……『夜更けの街』、聞いたよ。すてきだった。裕一さん、もうすぐ帰ってくると思うから、少し待ってて」

「いや、これを返しに来ただけだから」

久志は『栄冠は君に輝く』の楽譜を差し出した。

「……歌わないってこと？　どうして？」

「……同情されたくない。別に、僕じゃなくてもいいでしょう。歌手はほかにもいっぱいいる」

「……それ、大会本部の大倉さんも、同じこと言ってた」

音は、裕一が古山家を訪ねてきた大倉と『栄冠は君に輝く』の話をしているところを見ていた。

歌手の候補として裕一が久志の名を挙げると、大倉は難色を示した。

「上司が何と言うか……。実を言うと、上司は古山先生の起用を反対していたんです。戦時歌謡の作り手が、野球大会の歌に関わるのはどうなのかと」

裕一は戦後『長崎の鐘』も作曲しているということで、何とか上司の幡ヶ谷を説得できたが、戦時歌謡の印象が強い久志の起用までは難しい、というのが大倉の言い分だった。

「ほかにも優れた歌唱力の方はたくさんいます。別の方で心当たりはないですか」

「……いえ、それでも僕は、佐藤久志を推薦したいです。叙情性のある彼の歌声は、この曲にぴったりなんです。ほかのどの歌手より、彼が向いていると思います。彼がもし、戦時歌謡の歌い手としか捉えられていないいならなおさらです。彼は、皆さんが思う以上にいろんな引き出しを持った歌い手です。ですからどうか、お願いします」

必死に頼む裕一に根負けし、大倉は上司を説得すると約束して帰っていった。

その場面を見ていた音には、裕一が同情で久志を起用しようとしているなどとは思えなかった。

「裕一さんは久志さんのこと、歌手として心底、信頼してる。同情なんかじゃないよ。裕一さんは、久志さんの歌が好きなんだよ」

そこに、裕一が帰ってきた。久志の顔を見るなり、裕一はうれしそうに尋ねた。

「楽譜、読んでくれた？　どうだった？」

「……いい曲だと思う。……でも……今の僕に歌えるかどうか」

「歌えるよ。『夜更けの街』だって歌えたじゃないか」

「あれは、歌詞が自分に重なったから……。でもこの曲は……。こんな希望にあふれた曲を、歌う自分が想像できない」

　すると裕一は、甲子園球場に行こうと久志を誘った。

「その場の空気を吸ってみて、初めて分かることもある。行ってみようよ。ね！」


　その日の夜行列車で、裕一と久志は甲子園球場へ向かった。

　翌朝、二人でグラウンドに立つと、裕一は久志に、『栄冠は君に輝く』の作詞をした多田良介の話を聞かせた。

「野球少年だった彼は、十六歳のときに試合中のけがで足を切断して、甲子園への道を閉ざされたそうだ。もう二度と野球ができないという葛藤の日々を乗り越えて、多田さんはあの詞を書いた。自分にできることは、未来ある若者を応援することだって。……ただ明るいだけじゃない。絶望を経験した彼だからこそ、あの詞を生み出せたんだと思う。多田さんと同じように、君も絶望を知ってる。……その原因を作ったのは僕だ……戦時歌謡に、君を誘った……」

　そう言って裕一は、深く頭を下げた。

「久志。苦しめてしまって、申し訳なかった……。けど、どれだけ悔やんでも、もう過去には戻れない……。だから、これからは未来のために、一緒にできることをやっていきたい。僕たちも、多田さんの思いを形にして、若い人たちにエールを送らないか？　勝った人にも負けた人にも、頑張ったね、頑張ろうねって。一生懸命な姿見せてくれてありがとうって……。久志、君なら歌える。君じゃなきゃだめなんだ」

裕一の言葉をかみしめると、久志は歩きだした。そしてマウンドに立ち、空を仰いだ。

「雲は湧き……」

そこまで口ずさむと、裕一がキャッチャーボックスから指揮を始めた。

久志は、指揮に合わせて再び歌い始める。

♪雲は湧き　光あふれて
天高く　純白の球　今日ぞ飛ぶ
若人よいざ　まなじりは　歓呼に応え
いさぎよし　ほほえむ希望　ああ栄冠は君に輝く

歌う久志の頬を一筋の涙が伝った。

こうして生まれた『栄冠は君に輝く』は、夏の高校野球に欠かせない曲となり、現在も変わらず愛され続けている。

第21章 夢の続き

『ラ・ボエーム』のオーディションが近づくと、音は一層熱心にレッスンに励み、自宅でも呼吸法などのトレーニングを重ねた。

そのかいあって無事に一次審査を通過し、裕一と一緒にバンブーに行った際に、保、恵、鉄男に報告をした。

「いよいよ大舞台も目前ね」

恵はそう言うが、音は現実を冷静に捉えていた。

「まだまだです。今日も朝からみっちりレッスンで。これから二次審査、三次審査と続くし」

「音が大きい舞台に立つときは、僕の曲を歌ってほしかったんだけどねー」

裕一は、もう合格が決まったかのような口ぶりだ。

「昔、約束したんです。僕が作った曲を、音が大きな舞台で歌うって。あー、出遅れた。悔しいなぁ」

するると鉄男がしみじみと言った。

「夫婦二人の夢がぁ、いいなぁ」

そこに久志と藤丸がやって来た。久志は新曲の打ち合わせを済ませてきたのだという。

音は、藤丸の薬指に指輪が光っているのに気付いた。

「え……もしかして……」

「……婚約、しました……」

はにかみながら藤丸が報告すると、皆から歓声が上がった。

「おめでとう！」

「ありがとうございます」

幸せそうな藤丸の隣で、久志はいつものように気取ってみせた。

「僕という存在が、誰か一人のものになる日が来るとはね」

「何よ、ひと事みたいに。そっちが求婚してきたんでしょ」

「君がいかにも、早く言えって顔するから」

口げんかをしていても幸せそうな二人と、音の一次審査通過を祝って、一同は乾杯した。


このころ、華は忙しそうな母を気遣って、なるべく家事を手伝おうとしていた。ところが音は、華の手を借りずに何もかも自分でこなそうとする。そのため華は、自分は母に頼りにされていないのだと内心傷ついていた。

そうとは知らない音は、オーディションの二次審査の朝もいつもどおり弁当を作って華に渡した。

「華だってもう子どもじゃないんだし、少しぐらい甘えさせてもらってもいいんじゃない？」

裕一はそう助言したが、音は聞き入れない。

「それはだめ。……昔ね、華に聞かれたことがあるの。お母さんは、私のために歌をやめたのかって。そうじゃないって証明したい。母親の仕事と、やりたいことは両立できるって。華のためにも頑張りたいの」


音が目指しているのは『ラ・ボエーム』のヒロイン・ミミ役だ。

二次審査の当日、名前を呼ばれて会場に入った音は、審査員席に目を奪われた。音楽学校の同級生だった夏目千鶴子《なつめちづこ》がそこにいたのだ。

驚く音とは対照的に、千鶴子は音と目が合っても冷静な態度を崩さなかった。


そのころ、華は、男子学生と共にバンブーにいた。彼の名は、竹中渉《たけなかわたる》という。

「急にお誘いしちゃってすみません……」

「ううん。今日はちょうど練習休みだったから」

明るい渉は、保、恵とも話が弾み、野球をやっているという話題になった。

「甲子園目指してます！」

「お！『栄冠は君に輝く』！」

恵が言うと、渉の顔がパッと明るくなった。

「はい、大好きな曲です！」

「華ちゃん、よかったねぇ。お父さんの曲、みんなに愛されて」

保に言われて、華はしかたなく渉に裕一の話をした。

「……父は作曲家なんです」

『紺碧の空』も裕一が作曲したと知ると、渉は目を丸くした。

「ぼ、僕、早稲田の野球部行きたいんです！　そうかぁ、華さんのお父さんは、すごい方だったんだね。お目にかかってみたいなぁ！」

楽しげに話す渉に、華は苦笑を返すしかなかった。


オーディションから帰宅した音は、会場で千鶴子と再会したことを裕一に話した。

「夏目さんって、歌手になったんだよね。今も現役なの？」

「うん。帰国してからいろんな舞台で活躍してる。『ラ・ボエーム』のミミもやったことあるみたいだから、それで呼ばれたのかも」

そこに、華が帰ってきた。迎えた裕一と音は、華に連れがいるのに気付いて仰天した。

「はじめまして！」

渉は爽やかに挨拶して頭を下げた。

その後は、裕一、音、華、渉の四人でお茶を飲みながら話をした。

「『栄冠は君に輝く』は、私《わたくし》がこの世で最も愛する歌です。先生、どうかサインを頂けませんでしょうか」

ノートと万年筆を差し出され、裕一は慌てながらサインに応じる。裕一は動揺のあまりずっと挙動不審だったが、音は落ち着いて渉に問いかけた。

「渉さんは、華とはいつごろから、その……お友達に？」

「はい！　今年の春に、華さんがお友達とわが野球部の試合を見に来てくださいまして……」

裕一がサインを書き終えて渡すと、渉は感激の面持ちで受け取った。

「ありがとうございます！　家宝にします！　華さん、ありがとう!!」

言いながら渉は華の手を握る。裕一はうろたえ、音はその様子を見て噴き出した。


数日後、音の二次審査の結果が郵便で届いた。

「裕一さん！　通った！　二次審査通ったよ!!」

「すごいね！　おめでとう！　次が最終だったよね」

「そう！　次で通れば……舞台に立てる！」

音は大喜びで羽生にも知らせに行った。羽生は音を褒めつつ、しっかりと言い聞かせた。

「でも次が本当の勝負よ。このままじゃだめ、徹底的に弱点克服しないと。少しレッスンしてく？」

「はい！　お願いします」

予定外のレッスンを終えて音が帰宅すると、熱を出した裕一が寝室で休んでいた。

「裕一さん！　大丈夫？」

「薬ものんだし、大したことないから」

音が出かけたあと、学校から帰った華が裕一におかゆを食べさせたり水枕を用意したりと手厚く看病していた。

「ごめん、華。世話かけちゃって。ありがとね」

「いいよ。お母さん、最終審査に残ったんだって？　練習いっぱいしないといけないんでしょ。家のこともお父さんのお世話も私やるから」

「そんなのだめ」

「なんで？」

「それがお母さんの仕事だから。華は自分のやりたいことやりなさい」

「別に、やりたいことなんてないし」

「若いのに何言ってんの。あとはお母さんやるからいいよ」


翌朝には裕一の熱は下がり、音は安心してレッスンに出かけていった。

羽生のレッスン室には、たびたび御手洗が訪ねてくる。この日も音のレッスンに同席し、休憩時間にタロットカードで音の運勢を占い始めた。

「ワオ！　音さん、あなたの未来、明るいみたいよ！」

御手洗は「世界」のカードを手にしていた。

「このカードの意味。成功、満足、グッドエンディング」

「当たればいいですけど……」

「占いは道しるべ。あとはあなたの努力しだいよ。頑張って、晴れ姿を見せてちょうだいね」

「はい！」

渉は、この日もバンブーにやって来た。恵から「バンブーのミルクセーキを飲むと早稲田に合格すると言われている」と聞いていたので、わざわざ飲みに来たのだ。

ちょうど華もおり、渉はいつものように屈託のない笑顔で話しかけてきた。

「華さん。お父さんにお礼を伝えてほしいんだ。東京でいちばん強い高校と練習試合して、完封したんだ。また一歩、甲子園に近づいた！　きっと、お父さんのサインの御利益だと思う」

「……伝えておきます」

恵は華に、裕一のかぜの具合を尋ねてきた。回復したと華が答えると、保も恵も安堵した。

「よかった。華ちゃんや音さんにうつったら大変だからね」

「音さんは最終審査を控えてるしね」

「最終審査……？」

不思議そうにしている渉に、華は、音が歌手を目指して上京したが出産のために音楽をやめたこと、最近になってレッスンを再開し、オペラのオーディションを受けていることを話した。

「すごいよ！　お父さんは天才作曲家、お母さんはいくつになっても目標持って頑張ってる。華さんはやらないの？　音楽」

「……子どものときにちょっとだけ。今は全然」

「もったいないなぁ。やればいいのに。ご両親がそうなんだから、華さんだって音楽の才能あるんじゃないかな」

「……ないですよ。音楽、特に好きでもないし」

「やってみたら楽しくなるかもしれないよ。僕も、友達に誘われて何となく野球始めたけど、今では人生でいちばん大切なものになった」

「……私、そろそろ帰ります。宿題あるんで」

きょとんとしている渉を残して、華はバンブーを出た。

帰宅して自室で一人になると、後悔の念が湧いてきた。

「あー！　なんであんな態度……ばかだ、私」

華はため息をつき、誰にも話したことのない心の内を口にした。

「……どうせ私には、何もないよ……」


いよいよ『ラ・ボエーム』ミミ役の最終審査の日がやって来た。

緊張して会場に出向いた音は、廊下で千鶴子と顔を合わせた。

「……びっくりした。こんな形で再会するなんて」

「……私は、また会える日を待ってたわ。でも、審査は公平にやりますから」

「もちろんです！　よろしくお願いします」

自分なりに力を出し切った。そう思いながらも音は、最終審査に合格する自信は持てなかった。

「最終に残った人たちはさすがだわ。みんな私より若いし、圧倒的にうまくて、実力の差を見せつけられた」

帰宅後、音は裕一にそう話した。

「見込みがあるから最終に進めたんだよ！　華、お母さんすごいよねぇ！　あんなにブランク長かったのに、ほんと頑張ってる。格好いいよねぇ！」

黙っている華に、音が言う。

「華も、やりたいこと見つかったら、どんどんやっていいからね」

「……やりたいことがないとだめなの？　目標があるのが、そんなに偉いの？　私だって、何にも考えてないわけじゃないよ。私なりに毎日頑張ってる。でも……家のこと手伝うって言っても、お母さんはやらなくていいって言うし」

「それは……」

「私を産んだせいでお母さんの人生変えちゃったのなら悪いと思って、こっちは精いっぱい気を遣ってるのに。お母さん、私の気持ち、全然分かってない」

「……あのね、華」

「……もういい！」

華はそのまま行き先も言わずに出かけてしまった。


華が向かった先は吟の家だった。

吟は音に、今夜は華を泊めると電話を入れて、ゆっくり華の話を聞いた。

「最近、自分がだめな人間に思えてきちゃって。……私には、お父さんみたいな才能もないし、お母さんや渉さんみたいな目標もないし。好きなものもない。何がやりたいのかも分かんない……」

「……確かに最近、世の中の空気も変わってきたよね。婦人代議士が誕生したり、女子大が次々に出来たり。女もどんどん社会に出るべきだって、いろんな人が言い始めてる。でも、人それぞれだと思うのよね。私だって若い頃、やりたいことなんてなかったもん」

「そうなの？」

「うん。たまーに、音や梅を見て羨ましく思うときもあったけど、夢を追いかけるのって、それはそれで大変そうだし」

「……何かの才能があればって、思わなかった？」

「うーん……才能って、大げさに聞こえるけど、普通の暮らしの中にも転がってると思うのよ。人の話を聞くのがうまいとか、家事が手際いいとか、それだって才能でしょ。コロッケ上手に揚げられた日は、私、天才！　って思うし」

「……私も、吟おばちゃんみたいになれたらいいのにな」

「ま、若いうちは、いっぱい悩みなさい。話ならいつでも聞くから」

「……ありがと」

翌朝、裕一が吟の家に華を迎えに来た。

「おはようございます。華がお世話になりました」

「そこまで送ります。ケンも一緒に行く？」

「行く！」

裕一と華、吟とケンが連れ立って出かけ、教会のそばを通りかかった。

「ねぇ、知ってた？　裕一さんと音が初めて出会ったのって、教会なんだって。子どもの頃に、川俣《かわまた》の教会で歌ってる音のことを、裕一さんが偶然見てたって」

「い、いいじゃないですか、そんな話は」

裕一がてれていると、教会の庭で遊んでいた子どもたちが声をかけてきた。

「ケン兄ちゃん！」

教会の敷地内には「マリア園」という孤児院がある。うれしそうにケンに駆け寄ってきたのは、そこで暮らす子どもたちだ。

「強いめんこ、作ってきたぞ」

ケンが言うと、子どもたちは大喜びした。

「華姉ちゃんもやろうよ」

ケンと子どもたちに誘われて遊びの輪に加わった華は、服のボタンをかけ違えている子を見つけて直してあげた。

「優しいよね。華ちゃん」

吟に言われて、裕一は笑顔でうなずいた。

話をする裕一たちのそばに掲示板があり、マリア園の行事のお知らせが貼られていた。裕一がそれを見ていると、シスターの飯塚佐代《いいづかさよ》が声をかけてきた。

「子どもたちのために、いろんな催しをやってるんですよ」

吟は佐代に、裕一と華を紹介する。

「妹の旦那様と姪《めい》です。古山裕一さんと華ちゃん」

「古山裕一さん……って、あの作曲家の？　『鐘の鳴る丘』、子どもたち、いつも楽しみに聞いてるんですよ。『とんがり帽子』も一緒に歌ってます」

「うれしいな……ありがとうございます」

「あの子たちも、ようやく娯楽を楽しめるようになって。今までは、命をつなぐことに必死でしたからね」

「シスターたちのおかげですね」

吟に言われて、佐代は表情を引き締めた。

「……最低限の衣食住は満たされても、本当に大変なのは、これからなんですけどね」

裕一は、子どもたちと華のはじけるような笑顔に目を向けた。


華の帰宅後、音は華の部屋へ行き、二人で話をした。

「……華の気持ち、ちゃんと考えてあげられなくてごめん。だめだね、お母さん」

「……私も言い過ぎたし」

「ううん。……あのね、華。お母さんが歌を中断したのは華のせいじゃない。だから、華が気を遣う必要なんてないんだからね」

どこまで華に伝わったかは分からないが、ともかく音は自分の思いを伝えておきたかった。

それから数日後、電話でオーディションの最終選考の連絡が来た。

電話を切ると、音は震える声で裕一に結果を伝えた。

「受かっちゃった……主役……。信じられない……本当に私でいいのかな」

「いいに決まってる、おめでとう！　本当におめでとう!!」

「うん、頑張る……！　絶対、いい舞台にする！」

ちょうどそこに華が帰ってきた。黙って自室に向かおうとする華に、音は声をかけた。

「華……これから忙しくなるから、お手伝い頼んでいい？」

「……お弁当は自分で作るよ。……おめでと」

「ありがとう！」


緊張と不安を胸に、音は『ラ・ボエーム』の出演者、スタッフの顔合わせに出席した。

「主役のミミを演じる古山音さんです！」

演出家の駒込英治《こまごめえいじ》に紹介されて挨拶をすると、相手役のロドルフォを演じる伊藤幸造《いとうこうぞう》が声をかけてきた。

「いい舞台にしましょうね！」

「はい！」

駒込は、舞台の概要を皆に説明した。

『ラ・ボエーム』はパリが舞台の青春群像劇だ。芸術家志望の若者四人と二人の女性が成長する様を描いており、活気にあふれたパリの街を表現するために八十名の合唱団も参加するという。

配られたキャスト表には、出演者たちの経歴が書かれていた。ソロリサイタルやレコード発売の経験を持つ者が並ぶ中、音の欄には「東京帝国音楽学校・中退」とだけ記されていた。

稽古が始まると音は、ほかの出演者のレベルの高さに圧倒された。顔合わせでは明るく声をかけてくれた伊藤は、音へのいらだちを隠さなかった。

「古山さん。僕を見てくださいい。指揮は見るものじゃなくて感じるものでしょう。それから、この先の話なんですけど、ハイツェーもう少し伸びませんか？」

伊藤が音に指導を始めると、すぐに駒込が割って入ってくる。

「伊藤君、そういうのは演出の仕事だから。古山さん、大丈夫。もう一度、さっきのとこから行こうか」

「……すみません。お願いします」

音は焦りを覚え、自宅でも食事を後回しにしてまで練習に励んだが、思うような成果は上げられない。

ある日、稽古場に、『ラ・ボエーム』の公演を企画した「千代田音楽協働社」の脇坂《わきさか》常務が現れた。駒込に紹介されて、音は脇坂に挨拶をした。

「はじめまして。古山音です」

「お噂は聞いてます。期待してますよ！」

「はい、頑張ります……！」

しかし、その後も音は伸び悩み、稽古と自主練習で疲れ果てて笑顔をなくしていった。

そんな音に、伊藤は容赦がない。

「古山さん、譜面どおりに歌えればそれでいいって、思ってませんか？　大切なのはそこから先でしょう。あなた本当に、ミミを演じる覚悟があるんですか」

その言葉が胸に突き刺さり、音は黙り込んでしまう。

「まぁまぁ、伊藤君」

また駒込が間に入って伊藤をなだめた。

「古山さん、大丈夫だから。頑張りましょう、ね！　とりあえず、いったん休憩で」

伊藤は憮然《ぶぜん》とし、音は、ほかのキャストからも冷たい目を向けられているのを感じた。

休憩に入ると音は、廊下から千鶴子が稽古場の様子を見ているのに気付いた。千鶴子もここに、別の作品の稽古のために通っているのだろう。


この日、音は、千鶴子たちの稽古が終わるのを待って話をした。

「うちの稽古、見てたよね？　……おかしいよね？　何か知ってたら、教えてほしい」

千鶴子はためらっていたが、音の切実な思いを感じ取って口を開いた。

「二次審査まで通過できたのは、確実にあなたの実力よ。ただ……最後の審査の席で、常務の脇坂さんが突然言いだしたの。古山裕一さんの妻であるあなたを主役に起用すれば、話題になるし宣伝にもなるって……。もちろん抗議したわ。公平に審査すべきだって。けど……どうにもならなかった……」

「……それ、ほかの人たちは……」

「……みんな知ってる……」

愕然としながら、音は尋ねる。

「……もし……千鶴子さんが私なら……どうする？」

「……私は……悔しさをばねに、何としてもいい舞台にしてみせるって……覚悟決めると思う

……」

「……いい舞台に……できると思う？　今の私に……」

千鶴子の沈黙が答えなのだと音は思った。

「……ありがとう、教えてくれて」

翌日、音は稽古場で駒込に降板を申し出た。

「今ここで降りることがどれだけのご迷惑をかけるか、理解しています。ですが……力不足の私がこのまま続けることは、舞台とお客様を裏切る行為だと思い至りました。……この役は、本来やるべきだった方に、やっていただきたいです。申し訳ありません！」

静まり返った稽古場に、伊藤の声が響く。

「……いいんじゃないですか。ここは、本人の意思を尊重してあげるべきと思います」

駒込以外は皆、伊藤に賛同していることが見てとれた。

帰宅後、音は裕一と華に、降板したことを話した。

「きっと千鶴子さんも、黙ってるの苦しかったと思う……本当のこと、教えてもらってよかった」

「……つらかったね。何も知らなくてごめん……」

「ううん。二人とも協力してくれたのに、ごめんね」

サバサバと話しているが、音は深く傷ついているに違いない。裕一はそう思い、何とか元気づけたかった。

「また、別のオーディションを受けてみたらどうかな。せっかくここまでレッスン積んだんだし」

「うーん。もういいかな。なんか疲れちゃったし。さ、ごはんにしよっか」

音はその後、羽生のレッスンに通うのもやめてしまった。

そんな音に、裕一が問いかける。

「音……本当にもう、歌わないつもりなの？　本当にそれでいいの？」

「……もっと若い頃なら、何度でも挑戦しようって思えたかもしれないね。でも……残念ながら、大人になるといろんなことが見えてきちゃう。裕一さん……私、分かっちゃったんだ。……私はここまでなんだって……。悔しいよ。悔しいけど……どうにもならん」

淡々と語る音の言葉が、裕一の胸を刺す。

「ごめんね……裕一さんとの約束、かなえられんかった。大きな舞台で歌える歌手には、なれんかった……」

音のために自分は何ができるのかと、裕一は考え続けた。そして鉄男をバンブーに呼び出し、詞を書いてほしいと頼んだ。

「音のために、曲を作りたいんだ。二人の約束を果たしたい」

「裕一の曲《きょく》を、音さんが歌う約束《やくそく》が」

「うん。舞台の大きさなんて関係ない。そんなことより、音にもう一度、音楽取り戻してほしい。……協力してもらえないがな」

「ああ。当だり前《めえ》だ。任《まが》せとげ」

鉄男が書いてくれた詞に、裕一は時間をかけて曲をつけた。共に歩んできた音への思いを音符の一つ一つに乗せていき、満足のいく曲が完成した。

しかし、すぐに音に見せることはしなかった。半月かけて、ある準備を進めていたのだ。

「音。今から少し、時間ある？　一緒に行きたいところがあるんだ」

そう言って裕一は、音を教会へ連れていき、楽譜を手渡した。

「この教会で、もう一度歌ってくれないか」

裕一は、佐代の承諾を得て、クリスマスにマリア園で慈善音楽会を開く準備を行っていた。

「シスターのお話を伺って、改めて思ったんだ。これまでは生き抜くことで精いっぱいだった子どもたちに、世の中には楽しい文化がたくさんあるってこと、伝えられたらな、って。演目は、子どもたちのハーモニカ演奏とか、合唱とか。音にも歌ってもらいたくて、その曲作ったんだ」

音は、裕一から贈られた楽譜に目を落とす。

「僕は音の歌が聴きたい。子どもたちにも聴かせてあげたい。まだ時間はあるから、一度、考えてみてくれないか」


音は一人で教会の聖堂に入ってみた。

裕一とは、福島・川俣《かわまた》の教会で運命的に出会った。留学の話が立ち消えになり、音楽を諦めようとしていた裕一を必死に引きとめたのも同じ教会でのことだ。

華がおなかにいると分かった音に、裕一は、二人で夢を交換しながら生きていこうと言ってくれた。

楽譜に目をやると、音は、裕一が自分のために生み出してくれたメロディーを小さく口ずさんでみた。


教会を出てマリア園に行くと、裕一が子どもたちに合唱の指導をしていた。

「音。上手な声の出し方、みんなに教えてあげて」

子どもたちは期待に満ちた目で音を見ている。ためらいを振り切って、音はお手本を見せた。

「背筋を伸ばして、肩の力を抜いて、喉の奥を開く感じで。ア～」

音の声を聞くと、子どもたちの目が輝いた。

「じゃあ、一緒に声出してみようか」

慈善音楽会に向けて音はマリア園で合唱指導を、裕一はハーモニカの指導を始めた。

自宅では、音は裕一のオルガンに合わせて歌の練習を繰り返した。華も準備に協力し、一か月後、音楽会の日がやって来た。

開会前、久志と藤丸はサンタクロースの衣装を着て教会前でチラシを配り、募金を集めた。華は吟と一緒にマリア園の女の子たちの髪を結い、ケンは小さな子たちの衣装の着替えを手伝った。鉄男と智彦も看板の設置などの力仕事を買って出てくれた。

音は、控え室代わりのマリア園の一室で楽譜を見返していた。そこに裕一がやって来て、音に尋ねる。

「緊張してる？」

「少しね……」

「今日は思いっ切り楽しもう」

音は、笑顔でうなずき返した。


開場時間になると、ドレスアップした御手洗と羽生がやって来て、皆の注目を集めた。

そこに久志が来て、御手洗に声をかける。

「スター御手洗！」

「プリンス久志!!　やだ元気!?　懐かしいわぁ！」

再会を喜び合い、二人は熱いハグを交わした。

華に招かれた渉も現れ、音の音楽学校時代の同級生、和子《かずこ》と潔子もやって来た。

「音さん、お久しぶり」

「ありがとう！　和子さん、元気だった？」

「毎日、子どもたちの世話で髪振り乱してる」

音は、和子のおなかが大きいことに気付いた。

「もうすぐ八人目が生まれるんですって」

潔子が笑顔で教えてくれた。

「わぁ、おめでとう！」

「ふふ。ありがと。じゃあ頑張ってね」

会場内に向かう二人を見送ると、今度は千鶴子がやって来た。

「本日は、お招きありがとう」

「……来てくれてうれしい……こちらこそ、ありがとう。……千鶴子さん……あのあと、『ラ・ボエーム』の舞台って……」

「ご心配なく。まだ出演者の発表前だったから、大きな混乱もなく進んでいるそうよ」

千鶴子は、早くも盛り上がっている会場内を見渡した。

「すてきな音楽会になりそうね」

「うん……楽しんでもらえたらいいな」

千鶴子ににっこりと笑いかけられ、音も笑顔を返した。

音楽会の幕が開くと、まずは佐代が挨拶をした。

「本日はお運びいただき、ありがとうございます。この音楽会は、古山裕一さんとそのご家族、お仲間の皆様のお力添えで実現することができました。どうか子どもたちと一緒に、楽しい時間をお過ごしください。最初は『きよしこの夜』です」

音のピアノ伴奏に合わせて子どもたちが歌い、続いて裕一の指揮で『ジングルベル』のハーモニカ演奏が披露された。

久志と藤丸もサンタの衣装のまま登場し、『リンゴの唄』をデュエットした。歌の終盤には子どもたちが二人の結婚のお祝いをした。うれしいサプライズに久志は大いに喜び、藤丸は感激の涙を流した。

歌い終えると久志は、客席に向かって優雅におじぎをした。

「皆さん、ありがとう！　……最後は、古山裕一君です。よろしく」

裕一は、演奏の前に壇上で話し始めた。

「ひと言だけ、僕から挨拶させてください。……音楽には、さまざまな力があります。慰めたり、鼓舞したり……いろんな場面で、人は音楽と関わります。そんな中で、僕は音楽家として、人に喜びをもたらす音楽を皆さんと共有していきたい。今日、ここにいるみんなの顔を見て、そう思いました。最後の曲は『蒼《あお》き空へ』。作詞家の村野鉄男君と一緒に作りました。歌うのは、私の妻・古山音です。僕が音楽家を続けてこられたのは、彼女のおかげです。掛けがえのない、僕の恩人です」

音が舞台に上がると、拍手が起こった。裕一のピアノ伴奏で、音は歌い始める。子どもたち、観客たち、そして仲間たちが、音の歌声に聴き入っている。

華も、思いを込めて歌う母の姿をじっと見つめていた。

歌い終えると、音に盛大な拍手が贈られた。晴れ晴れとした笑顔で、音は拍手に応えた。


終演後の教会で、音と華は二人で話をした。

「……聴けてよかったよ。お母さんの歌」

「……ありがと。……お母さんね、本当にやりたいことが今日はっきり分かった。音楽は人に喜びをもたらす。幸せにする。お父さんが言ってた言葉を、歌で伝えていきたい」

「……私も、何か見つかるかな」

「大丈夫。いつか見つかったら、全力で応援する」

「……うん。ありがとう」

華は、扉の前に裕一がいることに気付いた。見れば、瞳が涙で潤んでいる。

「何やってんの、お父さん」

てれる裕一を見て、音も華も笑った。

「裕一さん。約束かなえてくれてありがとう。どんな大きな劇場にも負けない、最高の舞台だった」

「また、聴かせてよ。音の歌」

「……うん！」

三人は笑顔で教会を後にした。

第22章　弟の家族

昭和二十六（一九五一）年、日本は復興期を迎え、人々の生活も豊かさを取り戻しつつあった。

音は聖歌隊のメンバーとして歌を続け、十九歳になった華は看護学校生として忙しい日々を過ごしている。裕一も変わらず精力的に曲を作り続けていた。


ある日、鉄男が古山家を訪ねてきて、裕一たちと食卓を囲んだ。

「なんで看護婦目指そうと思ったんだ？」

鉄男が華に尋ねると、裕一が先んじてペラペラと答え始めた。

「人の役に立つ仕事したいと思ったんだって。看護婦さん、華にぴったりだよねー。優しいし、よく気が付くし、責任感も強いし」

「俺は華ちゃんに聞いでんだげど」

華は苦笑しながら鉄男に答える。

「ひとのこと、ほっとけないっていうか。幸せになる手伝いができたらなって……」

「そうが。きっといい看護婦さんになれる。応援してっつぉ」

「うん。頑張る」

「古山家はみんな頑張り屋だ。音さんも聖歌隊頑張ってるし、裕一はラジオドラマやってレコードも出して、あちこぢの校歌だの応援歌も書いでんだろ。ラジオドラマ、時々《ときどき》聞いでるよ。『さくらんぼ大将』」

『さくらんぼ大将』は福島が舞台で、池田が脚本を書き、裕一が作曲をしている。

「そういえば、鉄男おじさんも〝大将〟だよね」

「今でもそんなふうに呼ぶのは、裕一ぐれえだけどな」

「鉄男おじさんって、どんな子どもだったの？」

「いいやつだったよー。最初はちょっと怖がったげどね」

「けんか強そうだよね」

「強がった！　三人まとめてやっつけだり、上級生に跳び蹴りしたり」

「そんなにけんかばっかりして、親に怒られなかった？」

華が尋ねると、鉄男の箸が止まった。

「……さあ。どうだったがな」

「鉄男おじさんって、兄弟は――」

するとと裕一が華の言葉を遮り、話題を変えた。

「あ、こ、このトマト、おいしいねー！　これ、庭で採れたやつだよね？」

「そう。甘いでしょ。新鮮なお野菜っていいよねー」

音も調子を合わせて明るく答えた。家族の話題になったとたんに鉄男の表情が変わったことを、裕一も音も察していた。

その後、鉄男はコロンブスレコードの杉山から映画の主題歌の作詞を依頼された。

「映画会社が社運を懸けた勝負作だそうです。今回の依頼は、監督からのじきじきのご指名です。下町の大家族を描いた人情喜劇で、主題歌の歌詞は、家族の絆《きずな》をテーマにしてほしいとのことです」

「……少し、考えさせてもらってもいいですか」

「……何か問題が？」

「いえ……。まだご連絡します」

鉄男はコロンブスレコードを後にして、智彦のラーメン屋に向かった。

店では、智彦と十六歳になったケンが厨房《ちゅうぼう》に立ち、池田が食事をしていた。

「よう」

「池田さん、お久しぶりです」

鉄男もラーメンを注文すると、ちょうど吟がやって来た。

「ケン！　今日は早く帰ってくるんじゃなかったの」

「忙しいんだよ。これから洗い物も仕込みもあるし」

「さ、帰るわよ。少しは勉強しなさいよ。落第したらどうするの？」

「ラーメン屋継ぐんだから、勉強なんかどうだって――」

「何度も言ってるでしょう。これからの時代、学があって損することはないの」

ケンはしぶしぶエプロンを外して帰り支度をする。

「母ちゃん、これ洗濯して」

「やだ、大きな染み。取れるかしら、これ」

ケンは、正式に智彦と吟の養子になった。吟と帰っていくケンを見て、鉄男がつぶやく。

「……ケン、うれしいだろな」

鉄男の分のラーメンが出来上がり、ラジオからは『湯の町エレジー』が流れ始めた。鉄男が作詞、木枯が作曲したヒット曲だ。池田は、いい曲だと褒めた。

「どう、最近は。仕事、順調？」

「可もなく不可もなく、ですかね」

ため息をつく鉄男を見て、池田は不思議そうにしている。

「……裕一は、何でも書ぐじゃないですか。しかも、何やっても質が高《たが》い。プロだなって思うんです。げど俺は……自分の中《なが》にないもんは書げないっつうが。今日も、家族《かぞく》の絆をテーマに書いでほしいって言われだげど……絆どごろが、うぢはまどもな家じゃながったんで、どう書いでいいんだが……」

「……そうかー。おたくも俺と同類か」

「え……」

「古山が何でも書けるのは、どんな題材にも、自然に感情を寄せていけるからだと思うんだよ。

何でも受け入れて愛せる素直さは、もちろん性格もあるだろうが、愛情に恵まれて育った人間ならではって気もすんだよな。逆に言うと、そこが欠けてる人間は、自分の愛し方すらよく分かんなかったりしてな。まぁ難儀なもんだ」

先に食べ終えた池田は店を後にした。残った鉄男はノートを広げ、家族の絆をテーマに詞を書こうとしてみたが、何も浮かんでこなかった。

裕一は杉山から、鉄男が映画の主題歌の仕事を断ったと聞かされた。杉山は、鉄男が行き詰まっているようだと心配している。そこで裕一は、バンブーで顔を合わせた際に鉄男にこの話を持ちかけてみた。

「こごんどご、ずっと忙しがったし、少しペース落どしてもいいがど思ってな」

鉄男は軽い調子で答えたが、裕一は引っ掛かるものを感じた。

「大将。もし時間出来るようなら、一つ相談あるんだけど」

裕一は鉄男を家に連れていき、一通の手紙を見せた。二人の母校である福島信夫《しのぶ》小学校の校長から届いたものだ。

「校歌作ってほしいって頼まれだんだ。もしよがったら、大将、歌詞書いてくれない？　大将が一緒に作ってくれだら、藤堂先生も喜んでくれるんじゃないがな」

「……分がった。やらしてもらうよ」

「よがった！　校歌完成したら、学校でお披露目会やるがら、ぜひ来てほしいって。一緒行こうよ、福島」

「……んだなぁ。そろそろ藤堂先生の墓参《はがまい》りにも行ぎでえし」

「よし、決まり！」


その後、校歌を完成させた裕一と鉄男は、そろって福島へと向かった。

お披露目会前日、小学校に挨拶に行くと、校長の佐久間《さくま》が鉄男に頼みがあると言いだした。

「お披露目会のあど、わが校の先輩どして、講演をしていだだげないでしょうが」

鉄男が作詞した『湯の町エレジー』の大ファンだという校長は、何を話してもかまわないと言うが、鉄男は講演などしたことがなく頭を悩ませる。


小学校を出たあと、二人は裕一の実家に向かった。元気そうなまさの顔を見て裕一がほっとしていると、浩二が仕事から帰ってきた。

その後は四人で夕食を取りながら話が弾み、裕一は浩二に仕事の様子を尋ねた。

「最近は、りんごやる農家も増えできたんだ」

「順調なんだ。よがった」

「あどはいい人見つかればねぇ……」

そう言って、まさがため息をつく。

「身固《かだ》めだいって言うがら、いろいろ縁談持ってきてもらってだのに、最近は見向ぎもしないのよ。あなだがお嫁さんもらってくれだら、私《わだし》も安心してお父さんどご行げんだげど」

「んじゃ、ずっと一人でいるよ。母さんには長生ぎしてほしいがらね」

「まだそうやって屁理屈《へりくつ》言って」

楽しげな親子のやり取りを、鉄男は笑顔で見ていた。


食事が済み、裕一と鉄男は布団を敷きながら話をした。

「ほんと、いい家族《かぞく》だ。仲《なか》いいよな」

「弟どは、昔《むがし》いろいろあったんだげどね」

「でも、今は笑って話せでる」

裕一は、少しためらってから尋ねる。

「……大将も、弟いだよね？　あ、ごめん……。明日早いし、もう寝よか」

だが鉄男は、静かに話し始めた。

「……典男《のりお》っつうんだ。……いづも俺の後《あど》くっついで……かわいいやづだった。俺んち、夜逃げしたべ。あのあど、福島の山奥《やまおぐ》の掘っ立で小屋で、家族《かぞぐ》四人で暮らしてだ」

夜逃げから三年が過ぎた頃、典男は家出をした。鉄男は必死に捜し回り、警察にも届けたが、半年過ぎても典男は見つからなかった。

ある晩、父が酔って眠ったあと、母がぽつりと言った。

「……鉄男。あんたもここ出でぎな。典男はきっと生ぎでる。あの子は、ここじゃねえどごがで生ぎっこどを選んだんだ。んだがらあんたも、こだ家捨てで、好ぎに生ぎればいい」

「何言ってんだ。母ちゃん置いでげるわげねえべ」

「あだしは好ぎで、こごさいんだ。……あんたがいなぐなってくれだら、食いぶぢも減って助かる」

そして母は、鉄男をまっすぐに見つめて言い聞かせた。

「鉄男。あんたに家族《かぞぐ》はいねえ。自分の道《みぢ》、歩いでげ。二度ど帰ってくんな」

翌朝早く、鉄男は母の言葉に従った。涙をこらえて家を後にした鉄男は、藤堂がくれた名刺を頼りに新聞記者を訪ね、住み込みで新聞配達の仕事をさせてもらうことになった。

「……それがらずっと、俺には家族《かぞぐ》はいねえって、自分に言い聞かせで生ぎできた。俺は冷てえ人間だ。弟も守れねえ、母ちゃんも捨てだ。……どうしようもねえ男《おどご》だ」

「……鉄男は、悪ぐない。君が誰よりも温《あった》がい人間ってごど、みんな知ってる。自分のごど後回《あどまわ》しで、いっつも周りのために一生懸命で。鉄男に会わながったら、今の僕はいながった。君は強いし、優しい。だがらもう自分責めないで。僕《ぼぐ》の大切《たいせづ》な友達のごど、悪ぐ言わないで」

裕一の言葉に聞き入っていた鉄男は、ふっとほほえんだ。

「……優しいのはお前《めえ》だ。ありがどな……」

翌日、校歌のお披露目会が開かれた。音楽部の児童たちが壇上にそろい、音楽教師の盛田《もりた》が指揮棒を構えたところで、一人の男子児童が声を上げた。

「あっ！　楽譜《がぐふ》、教室に忘れだ！」

「まだ三上《みかみ》が。隣に見せでもらえ」

叱られた三上明男《あきお》がてれて頭をかくと、笑いが起きた。

児童たちは改めて歌い始め、裕一と鉄男は母校に貢献できた喜びをかみしめた。

お披露目会のあとは、鉄男の講演だ。壇上に立った鉄男は、自分の小学生時代を振り返る。

「ここに通ってだ頃の自分はけんかばっかしして、学校一《いぢ》の悪童《あぐどう》ど呼ばれでましたが、ほんとはけんかより、休み時間《じがん》に『古今和歌集』を読んだり、詩書いだりするほうが好きな子どもでした。学校はすごく楽しがった。でも残念ながら卒業《そつぎょう》はできませんでした。実家の魚屋《さがなや》が借金抱《かが》えで、夜逃げしたんです。そのあどもいろいろあって、家族《かぞぐ》どは離れ離れになりました。ふるさとの匂いに触れっと、あのころのごど思い出します。行方《ゆぐえ》の分がらない弟の顔、母親の顔……」

鉄男が語る過酷な子ども時代に、児童たちは真剣に聞き入っている。

「幸せそうな家族《かぞぐ》見っと、妬《ねだ》ましがった。すさんだ家に生まれで、貧乏で、孤独《こどぐ》で、苦労ばっかしで……自分の境遇、恨んだどぎもあったげど……くじげそうな気持ぢを支えでくれでだのは、この学校で出会った人だぢでした。恩師の藤堂先生は、夢を諦《あぎら》めんなって背中《せなが》押してくださった。それがら、古山裕一、佐藤久志。彼らは大人《おどな》になった今も、よき友人、よき仕事仲間《しごどなかま》どして、いづも力づげでくれる。いづが僕《ぼぐ》が書いだ詞に、裕一が曲《きょぐ》つける。その夢があったがら頑張れました。僕《ぼぐ》が道を踏み外さずに生ぎでこられだのは、彼らのおがげです。金より名誉より、いぢばん大切《たいせづ》なのは人どの縁です。たどえ今つらくても、未来は変えられます。皆さんも、人どの縁を大《たい》切《せづ》に、自分の道《みぢ》を切り開いでいってください」

思いの籠もった鉄男の言葉は児童たちの胸に響き、裕一の心にもしみ入った。

裕一と鉄男は翌朝、藤堂の墓を訪れた。

「先生。僕と大将で、福島信夫小学校の校歌を作ったんです。少しだけど、母校に恩返しできました」

裕一が藤堂に報告をすると、鉄男がうれしそうに言う。

「もしかしたら校歌の話、先生が引き合わせでくれだのがもしんねえな」

「あ！　そうがも」

鉄男も、藤堂に語りかけた。

「先生、ありがとうございます。こっちはみんな、元気でやってます」

墓参りを済ませて実家に戻ると、鉄男を待っている人物がいた。三上明男の父・典男だ。

「……典男……典男が？」

「兄ちゃん……」

典男は前日、学校から帰った明男に鉄男の話を聞き、生き別れた兄だと気付いた。つらい境遇に引き裂かれた兄と弟が、二十九年ぶりに再会したのだ。

裕一は、鉄男と典男に二人で話をさせようとしたが、鉄男は、二人きりではどうしたらいいか分からないと言い張る。そこで、裕一とまさも同席して典男の話を聞いた。

「……あれがらずっと、福島いだのが」

「いや……盛岡《もりおか》さ、いだ……できるだけ、遠ぐさ行ぎだくて……。親父が怖《こえ》がった。暴れるし、母ちゃん兄ちゃん殴るし……んでも、兄ちゃんはいっつも俺守ってくれで。あるどぎ、気が付いだ。兄ちゃんは、俺の分まで殴らっちる……俺のために、いっぺえ我慢してる……。んだがら、俺なんか消えだほがいいって……」

「……それで、出でったのが……」

「……汽車で盛岡まで行って、無賃乗車でとっ捕《つが》まったんだげど……通りすがりの夫婦が助けでくれだ……。その人だぢは、盛岡で床屋《とごや》やってで……それがらずっと、店の手伝《てづだ》いしながら技術《ぎじゅづ》身につけで……。独立《どぐりづ》するって話になって、こっち戻ってきた……」

「床屋《とごや》さんになったのが……」

「うん……もうすぐ十年になる」

「家族《かぞぐ》は？」

「かみさんど……せがれが二人」

「そうが……にぎやがでいいな。……幸せでよがった」

ほほえむ鉄男を見て、典男は涙ぐんだ。

「悪《わり》ぃ……兄ちゃん、悪《わり》ぃな……。俺は勝手に家飛び出して、優しいおじさんだぢによぐしてもらって……俺だげがいい思いして……んでも兄ちゃんは……兄ちゃんは……」

典男は明男から、鉄男がずいぶん苦労をしたのだと聞いていた。

「典男。……生ぎでてくれで、ありがどな。俺もあのあど、家出だんだ。母ちゃんに、自分の人生、生ぎろって言われだ」

「俺……いまだに時々《ときどき》、母ちゃんの夢見んだ」

「俺もだ……。俺は、母ちゃん一人に全部しょわせで、あの家捨てだ……ほんとは、俺が母ちゃん守ってやんなきゃなんねがったのに……何にもしてやれねがった……」

　すると、二人の話に聞き入っていたまさが口を開いた。

「……そんなごど、ないど思う。お母様はきっと、あなただぢが立派になって、喜《よろご》んでる。……私《わだし》もね、昔《むがし》は子どものそばさ、いだいって思ってだげど……そうじゃないのよね。どごいようが、元気で、自分の道《みぢ》生ぎででくれだら、母親にとってそれがいぢばんの幸せ。大丈夫《だいじょぶ》。あなただぢは十分に親孝行してっから。胸張って生ぎでっていいの」

　まさの言葉に、鉄男の瞳から涙があふれた。

「……ありがどうございます」

　鉄男は礼を言い、泣き続けている弟の肩を優しく抱いた。


　その日の夜は、典男の家族を招き、にぎやかに食卓を囲んだ。典男の妻の多美子《たみこ》も、次男の武《たけ》男《お》も、初めて会う鉄男と共に楽しい時間を過ごしている。食卓には、まさと多美子の手料理が並んでいた。

「このさんま、おいしいねぇ」

　裕一が言うと、まさが笑顔で答える。

「それ、三上さんが持ってきてくださったのよ」

　すると典男が、懐かしそうに兄に語りかけた。

「兄ちゃんも、さんま好ぎだったよな」

「よぐ覚えでんな」

「俺の分やるよ。子どもんどぎは、いっつも兄ちゃんの分、分げでくれでだべな」

「気持ぢだけもらっとぐ」

「遠慮すんなよ」

子どもの兄弟げんかのようにお互い譲らない二人を、裕一はほほえましい思いで見ていた。

食後、明男は典男の腕時計を見て、残念そうな声を上げた。

「あーあ。『さくらんぼ大将』、終わっちったよー」

「あら。『さくらんぼ大将』、聞いでくれでんの？」

まさが尋ねると、明男は主題歌を歌いだした。

「さーぐらんぼ、かーぐれんぼ――」

その歌を作ったのは裕一なのだと鉄男が言うと、多美子と典男も驚いた。

「『さくらんぼ大将』、家族《かぞく》で欠がさず聞いでんですよ」

「僕《ぼぐ》も大好ぎです。福島が舞台《ぶだい》なのもうれしくてねー。孤児だった六郎太《ろくろうた》が、街《まぢ》さ出で、いろんな人ど出会ってぐでしょ。……自分どちっと重ねだりして」

明男がまた歌いだすと、典男と多美子、武男も一緒になって歌った。

♪山の故郷《ふるさと》　忘れはせぬが
　さくらんぼ　かくれんぼ　さくらんぼ

街へ出てきた　さくらんぼ大将
並木の道の　真昼の夢は
紅い木の実の　さくらんぼ畑

典男たちとの再会を約束して、鉄男は翌日、東京へ戻った。裕一の実家を去る際、鉄男はかばんに大切なものをしまった。武男が描いてくれた鉄男の似顔絵だ。絵の横には「てつおおじちゃん　またきてね」とつたない文字で記されている。

孤独を抱えて生きてきた鉄男は、家族を取り戻し、数年後『東京だョおっ母《か》さん』を作詞した。この曲は、島倉千代子《しまくらちよこ》が歌って大ヒットとなった。

鉄男が帰ったあとも、裕一は福島に残ることにし、音に電話で連絡をした。

「ごめん、音。しばらぐ帰れそうにないんだ。浩二に頼まれで、こっちの農業会の仕事引き受けるごどになってね」

「えー。しばらくっていつまで？」

「ちっとまだ分がんないなぁ」

音は不満そうだったが、裕一は張り切っていた。福島を盛り上げるご当地ソングを、というのが農業会の希望だ。浩二は裕一に、丘田俊夫《おかだとしお》が書いた歌詞を渡した。

「『高原列車は行く』が……いいタイトルだ」

「俺はやっぱし、明《あが》るい曲《きょく》がいいなぁ。福島さ行ってみだぐなるようなさ」

「任《まが》せといで！」

浩二はこの日、「畠山《はたけやま》リンゴ園」を訪ねた。浩二の熱心な説得でりんご栽培を始めた畠山家は、今では農園を構え、娘のまき子《こ》も熱心に仕事に取り組んでいる。

「これ、頼まれでだ資料。他県の果樹園の、肥料分析《ぶんせき》についで書がれでる」

浩二が持ってきた資料を、まき子はうれしそうに受け取った。

「ありがと、助かる～！　りんごの実のつきがやっと安定してきたがらね。土よくすれば、収穫《しゅうかく》量もっと増えんじゃないがど思って」

「あんま根詰めねえでね。焦る必要はねえがらさ」

だが、まき子はその場で資料を読みだした。

「ね、ちっとここ教えで」

まき子の熱意に応えて、浩二は優しく教え始めた。

この日は畠山家でりんご農家の会合があった。浩二も同席して話をするうちに、まき子の話題が出た。

「そういや、まきちゃん、いづ東京行ぐんだ？」

「ああ……月末《げつまつ》にはな。せいせいしてるわ。二言目《ふたごとめ》には経費削減《さくげん》ってやがましぃんだがら」

事もなげに答える畠山に、浩二が尋ねる。

「あの……東京って何ですか」

「親戚《しんせぎ》の会社で世話になんだ。経理辞めで困ってんだど」

「えっ⁉　……」

「二、三年で戻ってくっぺ」

「そだごど言って、あっちでいい男見《おどごめ》っけだら帰《けえ》ってくるわけねえべな」

仲間にそう言われても、畠山は平気な顔をしている。

「そんならそれで御の字よ。建築《けんちぐ》会社の息子だの、議員の息子だの、あれこれ見繕《みづくろ》ってやっても全部断《こどわ》りやがって。ごいらさ、いい男《おどご》なんて、はぁ一人も残《のご》ってねえわ」

確かにそうだと畠山の仲間たちが笑った。

会合のあと、浩二は畠山の真意を聞きたいと思った。

「畠山さん……ほんとにまきちゃん東京さ行がせでいいんですか？」

「まき子のやづ、戦死した男《おどご》いまだに引きずってっぺ？　ここさいだら、いづまでも忘れらんにい。区切りつげるためにも、一度《いぢど》福島《ふぐしま》出たほうがいいんだ。あいづだって、恐らぐそう思って東京行ぎ決意《けづい》したんだべがら」

その晩、突然、音が姿を見せ、裕一を驚かせた。

「私も皆さんに会いたくなっちゃって」

音は朝のうちにまさに連絡を入れて東京を発《た》っていた。華は学校があるので家に残ったのだという。

この日は浩二が帰宅後自室に籠もっていたため、夕飯は裕一、音、まさの三人で済ませた。

食後にかかってきた電話を取ると、まさは申し訳なさそうに受け答えした。

「谷口《たにぐち》さん……お見合いの件ですよね。もう少しお待ぢいだだげますか？　すみません」

電話を切ると、まさは裕一たちに、浩二のためのお見合い写真を見せた。縁談の話は時折来るのだが、本人にその気がなく断ってばかりなのだという。

そこに浩二が現れ、見合い写真に目を留めた。

「谷口さんが浩二にどうがって。気立でもよくて、いい方《かだ》なんだげど……どう？」

「……行ってもいいよ。母さんの顔もあんだろ」

「何ぃ……どういう風の吹ぎ回し？」

数日後に料亭で見合いすることが決まり、当日、浩二はまさと一緒に出かけていった。

音と裕一が、うまく行っているだろうかと話していると、来客があった。

「畠山リンゴ園の、畠山まき子です。浩二さんにお借りしてだ資料、お返《がえ》しに」

「ああ、浩二さんがいつも送ってくれるりんごの！　私、浩二さんの義理の姉の音です」

「はじめまして、兄の裕一です。いづも浩二がお世話になってます！」

浩二は外出していると音が伝えると、まき子は農園に遊びに来るようにと裕一たちを誘った。

そのころ、浩二は見合い相手にこんなことを尋ねられていた。

「失礼ですが、古山さんは、なして今までお一人だったんですか？　立派なご経歴《けいれぎ》ですし、きっといいお話たくさんおありになったど思うんですけど……」

浩二が答えに窮していると、仲居が食後のデザートを運んできた。

「福島のりんごでございます」

浩二は皿の上のりんごをじっと見つめている。

まさは、浩二のその姿が気にかかった。


裕一と音は早速、畠山リンゴ園を訪ね、まき子に教わって選果作業を手伝った。

作業をしながらまき子は、りんご栽培が軌道に乗るまでの苦労話をする。

「浩二さん、いながったら、父もとっくに諦《あぎら》めでだど思います。困ったどぎはいっつも助けでくれだがら……。父も私《わだし》も、うぢのりんごを日本中の人に食べでもらうのが夢なんです」

「きっとかなうよ。だって本当においしいもの！」

そこに浩二がやって来た。裕一たちは実家に、畠山家に行くと書き置きを残していたのだ。

「浩二、どうだった？」

裕一が見合いのことを尋ねようとすると、浩二が慌てて遮った。

「あどは俺やっから。二人はもう帰って」

帰宅後、音は、裕一とまさに、浩二はまき子に恋をしているに違いないと断言した。

裕一はピンとこなかったが、まさは思い当たる節があるという。

「お見合いでもね、こう、りんご、じーっと見だりして……」

「それならよがったじゃない。浩二にもやっといいお相手がでぎだが」

裕一が言うと、まさが首を横に振る。

「そんな簡単にいがないわよ。何年も一緒にいんのに、一っつも進展しながったんだがら」


浩二とまき子はそのころ、まだ選果作業を続けていた。

「……浩二さん、お見合い行ったんだ」

「頼まれで行っただげ。……断《こどわ》ったげどね」

「そっか……」

「まきちゃん……東京行ぐんだって？　水くせえな、話してくれればよがったのに」

「……ごめん。そのうぢ言うつもりだったんだげど」

「畠山さん、まきちゃん行っちったら寂しいべなぁ」

「どうだべね。私《わだし》がリンゴ園継ぐっつったら大反対して。東京行ぎの話だって勝手に進めっちまあんだがら」

「それは、まきちゃん心配してのごどだよ。ここいだら……昔《むがし》のごど引きずっちまぁがらって」

「……東京行げば、忘れられんのがな」

「……忘れねくてもいいんじゃねえがな」

「えっ……」

「大事な人のごどは、心《こごろ》の引ぎ出しに大事にしまっとげばいい。時々《ときどき》思い出したって、何にも悪ぐねえよ」

するとまき子が浩二をまっすぐに見つめた。

「浩二さん、私《わだし》……」

ためらいの表情を見せたあと、まき子が口を開く。

「……東京行ったら動物園《どうぶづえん》でも見でこようがな。新しい象《あだら》がいんだって……」

その晩遅く、浩二は居間で一人、りんごを見つめながら酒を飲んでいた。

そこに、音がやって来た。

「……ねぇ、浩二さん、まき子さんってすてきな人ね。彼女がいると、農園がぱーっと明るくなって」

浩二は酒をあおり、やけ気味に答える。

「まきちゃん、家出で東京行ぐんだ」

「そうなの!?　……浩二さんはそれでいいの？」

「いいも悪《わり》いもねえよ。彼女の決めだごどだし」

「……まき子さん、このりんごを日本中の人に食べてもらうのが夢だって言ってた。彼女、本当に東京行きたいのかな。私には、そうは見えなかったけど」

後日、浩二が畠山リンゴ園を訪ねると、まき子と畠山が言い争っていた。

「どうがしたんですか」

「まき子の東京行ぎが、向ごうの希望で早まったんだ。すぐにでも来てほしいって」

「私《わだし》に相談もなぐ返事するなんて。仕事《しごど》だってまだいっぱい残《のご》ってんのに！」

「農園のごどならさすけねえ。それども何《なん》だ、お前《めえ》いまさら迷ってんのが？」

返事ができないまき子に、浩二が語りかける。

「まきちゃん……まきちゃんは自分の幸せだげ考えで。俺……応援すっから……」

まき子は悲しい目で浩二を見つめ、作業場から飛び出していった。


この日以来、まき子の浩二への態度が冷たくなった。浩二がそれを気に病んでいると、裕一に、自分の部屋で酒を飲もうと誘われた。

「俺、明日も早《はえ》んだよ〜」

浩二が渋っても裕一は聞き入れず、部屋では音が酒とつまみを用意して待っていた。

三人で飲むうちに酔いが進み、浩二は苦しい胸の内を語りだした。

「俺、まきちゃんに何か悪《わり》いごど言ったがな……」

「いいや！　浩二は彼女のごど応援するって言っただげだ。浩二は悪ぐ……ない」

言い終えたとたんに裕一は酔いつぶれた。

「相変わらず酒弱《さげよえ》えな。昔《むがし》どちっとも変わんね」

音は、浩二に酌をしながら自分の考えを伝えた。

「本当はまき子さん、応援してほしかったんじゃなくて、浩二さんに止めてほしかったんじゃないかな。浩二さんだって、まき子さんが東京行くって聞いてショックだったんじゃないの？　だから気乗りしないのにお見合いなんかして……」

「それは……」

「このまま、まき子さんを行かせてもいいの!?」

「俺は……俺は……」

浩二は思いを言葉にしようとするのだが、どうしてもふんぎりがつかない。

「はぁっ、やっぱしだめだ。まきちゃんは大事な仕事先《しごとさぎ》の一人娘だがら。俺だって父さんに誓ったんだ。この家継いで守るって。お互《だが》いの立場《たぢば》、無視して、勝手なまねでぎねえ……」

「ぐだぐだ言わない！　浩二さん、本当に後悔しない？　それは浩二さんの本心なの？　もう一度、自分の気持ちとしっかり向き合ってください」

そう言って音は、まき子が心を込めて育てたりんごを浩二に手渡した。

浩二は縁側で一人、りんごを手に自分の気持ちを見つめ直した。すると、作業場でいとおしそうにりんごを扱うまき子の姿が頭に浮かんできた。

浩二は心を決めて、じっとりんごを見つめた。


翌日、あふれ出しそうな思いを抱えて浩二は畠山リンゴ園へ駆けていった。りんご畑で作業をするまき子を見つけると、荒い息のまま浩二は叫ぶ。

「まきちゃん！　東京、行ぐなっ。畠山さんだって、ほんとはまきちゃんのごど、東京さやりだぐねえって思ってるはずだ……いや違あ！　……俺だ。俺がまきちゃん行がせだぐねえんだ！　まきちゃんに忘れらんねえ人がいんのは分がってる。んだがらって、大好ぎなりんご捨てで東京

「行ぐごどねえよ！」

「でも私……こごいだら一生忘れらんないがもしれない」

「そんじもいい！　そんなまきちゃんのごど、俺が守っから……。俺のそばさ、いでほしい……」

「……私《わだし》、ずっと待ってだ……浩二さんが、そう言ってくれんの……。浩二さん……まだ来年も、りんごの花咲ぐの、私《わだし》ど一緒に見でくれる？　再来年も、その先《さぎ》も……ここで一緒に……」

「うん、約束《やくそぐ》する」

泣きながらほほえむまき子に、浩二も笑顔を返した。


まき子はすぐに東京行きの話を断り、父にもそのことを伝えた。

「私《わだし》……一緒になりだい人がいんの」

「は……ど、どごのどいづだ!?」

「失礼します！」

浩二が現れてもまだ、畠山は状況がのみ込めなかった。

「今日は、ご挨拶《あいさつ》に伺《うかが》いました」

「……ん？　お、お前《めえ》──」


後日、畠山家で行われた結婚式には、古山家の裕一、音、華もそろって出席した。まき子は、まさが大切に取っておいた花嫁衣装を着ている。

「お店ただむどぎにね、これだけはどうしても手放せながったの。いづが浩二のお嫁さんにって」

この結婚で浩二は畠山家に婿入りする。まさは、浩二が幸せならばそれがいちばんだと考え、一切反対しなかった。程なくして、まさは三郎の元へと旅立つことになる。

祝いの席で、裕一は新郎の兄として乾杯の音頭を取った。

「浩二、まき子さん。結婚おめでとうございます！　……思えば僕は、浩二に迷惑ばかりかけできました。父さんが亡ぐなるどぎも――バラバラになりそうな家族《かぞぐ》を、しっかりつなぎとめでくれでいだのは、いづだって浩二でした……。家族《かぞぐ》の絆はひとりでに出来《でぎ》るもんじゃない。浩二がふんばってくれだがら、僕《ぼぐ》は家族《かぞぐ》でいられだんです。浩二、今までほんとにどうもありがと。これがらは、まき子さんと誰よりも幸せになってください。まき子さん……浩二のごど、どうが末永ぐよろしくお願いします！　二人の前途を祝して、乾杯！」

裕一は福島滞在中に『高原列車は行く』の曲を書き上げていた。レコードが発売されると大ヒットし、翌年の「ＮＨＫ紅白歌合戦」では、白組のトップを飾った。

浩二とまき子からは、古山家においしそうなりんごが送られてきた。箱の中には、地元の新聞の切り抜きも入っていた。見出しには『福島から全国へ！　リンゴ農家、若夫婦の夢』とあり、浩二とまき子の写真が載っている。はじけるような二人の笑顔を見て、裕一と音にも笑みがこぼれた。

第23章　新時代

昭和二十七（一九五二）年四月、後に伝説的な作品として語り継がれるラジオドラマの放送が始まった。

タイトルは『君の名は』。物語は戦争末期、東京大空襲から始まる。空襲のさなかに出会った後宮春樹《あとみやはるき》と氏家真知子《うじいえまちこ》は翌朝、銀座・数寄屋橋《すきやばし》で別れの挨拶をする。

「どこのお方か存じませんけれど……何度も何度も危険なところを助けてくださってありがとうございました」

「ね、君……僕たちお互いに、命があったら、いつかまたどこかで会おうじゃないか」

「いつか……ええ……いつか……お目にかかりとうございます」

「ね、君の名は……」

だが、立ち去る真知子の耳に、春樹の問いかけは届かなかった。名前も知らないまま別れた二人はその後、すれ違いを繰り返す。二人の行く末は一体どうなるのだろうかと、日本中が熱狂することになるのだが、作者の池田は当初、全く違う展開を考えていた。

戦後、ＮＨＫはＣＩＥの指導・監督の下で番組作りをしていたが、ようやくその規制がなくなり、自由にドラマが作れるようになった。そこで池田は、佐渡《さど》、東京、志摩《しま》半島の三か所を舞台に、生まれも暮らしも違う三家族の姿を通じて、ありのままの戦後を描きたいと考えていた。

しかしプロデューサーの重森は、これに難色を示した。

「三家族だと役者は三倍です。スケジュールは複雑になるし、予算も桁違いになります」

だからおもしろいのだと、池田は譲らなかった。三か所それぞれに音楽も必要になるが、音楽担当の裕一もそれをおもしろがった。

「楽団の人たちは、対応できますか？」

不安そうに尋ねる重森に、裕一はきっぱり答えた。

「いざとなったら僕のハモンドオルガンだけでやります。これ、実はいろんな音色が出せるんですよ」

その場で裕一が弾いてみせると、池田も重森も納得した。

こうして『君の名は』は、三家族を並行して描く画期的な社会派ドラマを目指すこととなった。

ところが、放送開始から半年が過ぎた頃に問題が起きた。出演者が二人も病気で倒れ、入院したのだ。池田は、当日の生放送に間に合うように、急遽《きゅうきょ》、台本を書き換えなければならなくなった。

裕一は、放送までわずか四時間というところで連絡を受けてＮＨＫに駆けつけた。池田は副調整室で必死に原稿を書いている。裕一はまず前半分だけを受け取り、効果音担当の春日部《かすかべ》と共に読み始めた。

「子どもたちの話を広げるのか……うまいな」

池田の対応に春日部は感心していたが、あるト書きに引っ掛かった。

「音もなく開く玄関の音……音がしてないのに、音って」

そのあとには、抜き足差し足で人が忍び込むというシーンが続く。

「春日部さんは、扉の開きを風で表現してもらって、僕が、足音をぐわっぐわって低い音で大きく表現すれば……。人って警戒してるときの足音、大きく感じるでしょう？」

「ちょっとしたきしみも大きく感じるな」

「新しいものって無理難題から生まれるんですよね」

裕一は譜面を取り出し、新しい台本に合わせた曲を作り始めた。春日部もさまざまな効果音に対応すべく準備を進めていると、楽団のメンバーが集まってきた。

「すまん。遅くなった」

池田は台本の残りを書き上げ、裕一に手渡した。

「一時間あります。余裕です」

そこに重森が駆け込んできて、池田に何事かささやいた。

「はああああああ、おたふくかぜ！」

急遽、出番を増やした子役もスタジオに来られないというのだ。

「ほかの子どもたちの手配は、つきません。放送に穴が開く……責任取って辞めます」

「ばか野郎！　お前の首なんかどうでもいい！　放送楽しみにしてる人たちを裏切んだぞ！」

放送開始まで、あと三十分しかない。

「スケジュールが確実で、体の丈夫なやつは誰だ？」

「春樹と真知子です」

重森の返事を聞いて池田は決意を固める。

「……しかたない……二人に絞って進める」

だが今後の展開として、春樹と真知子はまもなく出会うことに決まっている。放送期間はあと半年あるが、二人が出会えば春樹と真知子のパートは終わってしまい、残りの半年間のストーリーがもたなくなる。

「どうせなら今日休止して、立て直すのも手です」

重森はそう主張したが、池田は聞き入れない。

「だめだ！　穴は開けない」

「じゃあ、どうするんですか⁉」

「……会いに行くけど会わない。二人とも会いに行くんだけど、いろいろあって会えない。どうだ？　切ないだろう？」

「一度はいいですよ。そのあとはどうするんですか？」

「よし！　決めた！　もう何度も何度もすれ違う！　会わない恋愛ドラマ！　な、画期的だろう」

言うが早いか、池田は猛烈な勢いで原稿を書き始めた。

いざ放送してみると「男女が出会わない恋愛ドラマ」は空前の大人気となり、ラジオドラマの放送中に映画化まで決まった。映画のほうも大ヒットし、真知子役の岸《きし》惠子《けいこ》が映画内で見せたストールの巻き方をまねた「真知子巻き」の女性が街にあふれるほどだった。ラジオの放送がある木曜夜八時半には、銭湯から女性客が消えるという逸話も生まれ、『君の名は』の放送期間は一年の予定から、さらに一年延びることになった。

池田は、ドラマの冒頭に新たなナレーションを加えることにした。

「忘却とは忘れ去ることなり。忘れえずして忘却を誓う心の悲しさよ」

昭和二十九（一九五四）年四月まで、全九十八回放送された『君の名は』のために裕一が作った曲は五百曲にも及んだ。

華が看護婦として働き始めて三年が過ぎた。仕事にやりがいを感じてはいるが、家と病院を往復するだけの毎日だ。

そんな華に、音が助言をした。

「恋しよう！　ね！」

「出会いもないし、時間もないよ」

「そんなこと言ってたら、何も始まらないよ。もう二十五になるし」

「まだ二十四歳です。私は、看護の仕事が好き。以上」

華はそう言って話を終わらせた。

裕一はラジオドラマの音楽のほかに、歌謡曲、映画の主題歌、さらに全国から依頼の絶えない校歌、企業の宣伝用の曲なども作り、週に一回はラジオドラマのための演奏も行っている。

映画の主題歌『君の名は』『ひめゆりの塔』、歌謡曲では『長崎の雨』と名曲を書き続け、『イヨマンテの夜』は、極め付きのヒット曲となった。

『イヨマンテの夜』が生まれるきっかけは、ラジオドラマ『鐘の鳴る丘』にあった。裕一との打ち合わせの際、池田は、山奥で木材を切る杣人《そまびと》が歌う場面について相談をした。

「『あ～あ』って歌うだけだから誰でもいいが、なんか迫力と美しさが同居する人がいいな」

裕一の推薦で、この歌は久志が歌った。

それから一年後、池田はアイヌを題材にした単発ドラマを制作しようとしていた。その話を聞いて裕一は、杣人の歌の独特のメロディーを生かそうと思いつき、『イヨマンテの夜』を書き上げた。

こちらも久志が歌い、レコードも発売されたが、杉山の評価は低かった。

「こんな難しい曲、売れっこありませんよ。リズムが十六分音符と八分音符の二拍子系なのに、メロディーは三連音符が続く。昔の悪い癖が出ましたね。古山先生」

ポスターの一枚も作られずにひっそりと発売されたが、久志は機会があるごとに『イヨマンテの夜』を歌い続けた。

そのかいあって、テレビの「のど自慢」の全国大会に出場する男性のほとんどは『イヨマンテの夜』を歌うほどのヒットとなった。

そんな折、池田はある決意を裕一に伝えた。

「ラジオドラマは、もうやめる。次は舞台をやる。どうだ？　一緒にやらないか？」

ミュージカルやオペラの構想もあると聞き、裕一の胸は躍った。オペラの上演は、クラシック一筋だった頃からの裕一の夢だ。

音もこの話を聞いて大喜びした。

「すごい！　裕一さんのオペラ、早く見たい」

「あ！　そうだ！　音も手伝ってよ！　曲を提出する前に、音が試しに歌ってみるの。舞台でどんな感じになるか想像できる」

「うれしい！　やらせていただきます！」


華は、相変わらず仕事一筋の日々を過ごしている。

ある日、勤め先の病院に若い男性が入院してきた。足を骨折しており、病室で看護婦やほかの入院患者に囲まれてサインをしていた。

華は同僚の榎木《えのき》に、その患者のことを尋ねてみた。

「バンドのボーカルだって。まだレコードは出してないけど、人気あるらしいよ」

「足はどうしたの？」

「ファンが興奮して、ステージから引きずり降ろして骨折。ロカビリー……？　では、ありえることみたい」

一九五〇年代初期、アメリカ南部で黒人音楽のブルースと白人音楽が融合して生まれたのがロカビリーだ。日本でも若者たちを熱狂させている。

患者の名は霧島《きりしま》アキラといい、病室をのぞいていた華に気付くと、エルヴィス・プレスリー気取りの甘い表情でほほえんでみせた。

「うえっ、気持ち悪い」

そうつぶやいて、華は仕事に戻った。


ところがその後、華は院長からアキラの担当になるよう頼まれる。後輩の看護婦たちがアキラの担当を取り合ってけんかになっているからだというのだが、華は納得できない。

「私はもっと重病の患者さんに、時間を割きたいです」

「そう、それ！　その君の生真面目さ。いいねえ、人気者に浮かれない。君しかいない。一週間だけだから、な、頼む」


しぶしぶ担当になり、華はアキラの病室へ腕の包帯を取り替えに行った。

「あいたたたた。もう少し優しくしてよ」

「大げさです。終わりました」

「君さあ、どうしていらついてるの？　お肌に悪いよ」

デリカシーのない発言に華はよけいにいらだったが、ぐっと拳を握り、無理やり笑ってみせた。

「お大事に～」

その晩、華が仕事を終えて帰宅すると、居間のラジオから『イヨマンテの夜』が流れていた。

「またこの歌。ヒットしてるね〜」

音に話しかけながら、華は鏡で自分の肌を確認した。つい、アキラに言われたことが気にかかってしまうのだ。

「歌い続けた久志さんの執念だね。ごはんは？」

「食べてきた」

「鏡見てるなんて珍しいね。どうしたの？」

「ううん、何でもない。『イヨマンテ』、いい歌だね。ほかとは違う。お父さん、さすがだね」

「そうだね……あ、あのさぁ……」

「何？」

「お見合いって、興味ある？」

この当時、女性の初婚年齢の平均は二十三歳だった。音はそろそろ華にも縁談をと思い、吟に相談をしていた。すると吟は、お見合い写真を四人分持ってきてくれた。そこから選んだ一人の写真を見せながら、音は話を続ける。

「大学卒業して大手証券会社の営業マン。これからは経済の時代。証券会社は有望よ。どう？会うだけ会ってみない？」

「……心配しないで。自分で見つけるから」

翌日も、華はアキラがいる病室に行った。

まずは同室の和俊《かずとし》の注射を終えると、礼を言われた。

「華さんだと痛くないんだよね～、助かる」

「みんな同じですよ～」

するると、アキラが口を挟んできた。

「そういうときは、ありがとうって素直に言うもんだ」

華がにらみつけても、アキラは平気な顔をしている。

「怒った顔もチャーミング」

華も負けじと無理やり笑ってみせ、アキラの包帯を巻き直し始めた。

「怒ってませんよ～」

「君さあ、もっと気軽に楽しんで仕事したら？」

「あなたの仕事とは違います。私たちは命を預かってるんです」

「そうかもしれないけど、ここにいる人たちは、みんなつらくて重い気持ち抱えてる。君たちまで一緒に重くなっちゃったら、つらいよ」

さらにひとにらみすると、アキラは真顔になった。

「ごめん。でも、俺は、そう思うから……」

この日の帰宅後も、華はアキラに言われた言葉に引っ掛かっていた。

「君たちまで一緒に重くなっちゃったら、つらいよ」

その言葉を思い返すうちに、つらい記憶がよみがえってきた。

一年半前、大学卒業を前に渉の就職先が決まった。華は就職祝いのプレゼントを用意して、バンブーで渡した。

「開けてみて。好みだといいんだけど」

中身は、渉に似合いそうなネクタイだ。それを見ると、渉の表情が曇った。

「だよな。そうなんだよな。プロになれなかった。もう終わりだ」

大学野球からプロの野球選手へ、という道を渉は夢見ていた。

「終わりじゃない。まだ会社で野球続けられるし、頑張ってれば、プロから誘われるかもしれないじゃない」

「ないよ。ない……」

渉は、テーブルの上のミルクセーキに目を落とした。

「これ飲んだら、早稲田に入れて、野球で食っていけるって信じてた……あのころの俺に言ってやりたい。野球の練習したってプロにはなれない。その時間、勉強しろ、もっと遊べって」

「諦めないで、きっとまたチャンスは来る」

「……どうして、サラリーマンでも楽しいことあるよ〜とか、今度ボウリング行こうよ〜とか、気を紛らわすことを言ってくれないの？」

そして渉は、ネクタイを華に返した。

「別れてくれ。一度すべてゼロにしたい」

席を立った渉の腕を、華が握った。

「別れたくない。私が支えるから。もう一回頑張ろう」

「……君はいい人だ。だけど僕には重い。ごめん」

ラジオドラマから舞台の作家への転身を決めた池田は、大きなエンターテインメント会社に重役として迎えられた。数々のラジオドラマをヒットさせた腕を見込まれてのことだ。

池田は転職先の豪華な重役室に裕一を呼んだ。

「会長から思う存分、うちの劇場で公演を打ってくれって言われた。そこでだ……これ書いた」

池田は早くも台本を書き上げていた。

「ミュージカルですか？　いきなり？」

「エノケン、ロッパ、越路吹雪《こしじふぶき》、宮城《みやぎ》まり子《こ》」

「すごい。喜劇の大物総出演ですか⁉」

「これまでとはスケールが違う。頼むぞ！」

病院の廊下を歩いていた華は、アキラの病室の異変に気付いた。ギターを弾きながら歌う声が響いており、看護実習生たちが入り口から病室内を見ている。

中に入っていくと、患者たちに見舞いの人々、医師や看護婦までが集まって、アキラの歌を聞いていた。

「ハッピーバースデー、ツー、チユー」

高らかに歌い上げ、ギターをかき鳴らすアキラを華は叱り飛ばした。

「やめてください!! ここはステージじゃないのよ！」

皆は一斉に静まり、和俊に付き添う妻・チヱがすまなさそうに言った。

「ごめんなさいね。アキラさんが、私の誕生日だからって歌をプレゼントしてくれたの」

華がアキラに視線を移すと、ほほえみかけてきた。

「楽器演奏や大きな声は、ほかの患者さんの迷惑になります。今日は認めますが、今後はおやめください」

華が病室を出ると、アキラが音量を下げて歌うのが聞こえた。


休憩時間に華が落ち込んでいると、榎木が励ましてくれた。

「別に気落ちすることないじゃない。先輩の私たちの役目よ」

「そうだけど……せっかくチヱさん喜んでたのに、いい雰囲気壊しちゃった……」

「華は気にし過ぎ。みんな気にしてないよ」

「……私って、重い？ 何でも真面目だから、相手に重く感じさせちゃうのかなって」

「真面目だけだと重くはならないけど、華の場合、優しいから、二つ重ねると……」

「重い」

榎木にうなずかれ、華は大きなため息をつく。

「このままじゃ私、幸せになれないかも」

「大丈夫だよ。私だって幸せになれたんだから」

「へ？」

「私、昨日、プロポーズされたの！　彼が早く子ども欲しいって言うから、来月で仕事辞めることにした」

おめでとうと言いながら、華の顔はひきつっていた。この瞬間、華は看護婦の中で、独身最年長になることが決まったのだ。


この日、華は仕事を早退して帰宅し、音にお見合いをすると宣言した。

急な心変わりに音は驚き、書斎にいる裕一に報告に行くと、華がネクタイを手にやって来た。

「お母さん、捨てて。渉さんへのプレゼント……自分では捨てられないから」

「そうね、断ち切ることはいいことね」

「私、やっぱり、お見合いしない。自分で見つける」

「働きづめで、出会いなんてないでしょう」

「自分を変えたいの！　私、重い女は卒業する。軽い女になる」

言い放って出ていく華を見送り、音がつぶやく。

「その決意が、すでに重いのよ、華」

「軽い女になる」という決意を、華はすぐに実行に移した。男性との出会いを求めて、夜ごと街に繰り出したのだ。おしゃれをしてバーのカウンターにいると次々に男たちが声をかけてきた。

しかし、華の心を捉える者はいなかった。話をしだして五分で好きだと言われたときは、噴き出して相手の顔に酒をかけてしまったし、手鏡を見ている男性には鳥肌が立ち、じんましんまで出た。アメリカの大学で学んできたという外科医にも声をかけられたが、自慢話とアメリカンジョークにいらつくばかりだった。

だがこの外科医の話には、参考になる部分もあった。日本の医療は世界から百年遅れている、骨折した人をすぐに放り出すなんてありえないというのだ。

リハビリテーションの重要性が日本の医療界にはまだ広まっていない。華はぜひ取り組んでみたいと思い、院長に相談することにした。出会いを求めていたはずが、結局は仕事につながったわけだ。


院長は華の申し出を快諾してくれた。

「ロカビリーのアキラ君で、やってみてくれたまえ」

「へ？　いや、ほかにもお年寄りや子どもで何人か……」

「初めてのことで危険を伴う。若い人のほうがいい。それに彼のおじいちゃんは、私の小学校時代の同級生なんだ。彼の骨がくっついても、ステージを飛び回れないんじゃ、申し訳が立たん」

よりにもよって……と思いながら華はアキラにリハビリをやってみないかと伝えに行った。

「おもしろそう。やろう。いつやる？　今から？」

「すごくつらいんですよ。覚悟はありますか？　退院も大幅に延びますよ」

「よけいうれしいよ。華さんと一緒にいられるから」

ウインクするアキラにあきれながら、華が答える。

「……明日から始めます。よろしくお願いします」

きちんとおじぎをして病室を去ろうとすると、アキラに呼び止められた。

「華さん。ありがとう。正直、前みたいにステージで動けなかったらどうしようって不安だったんだ。俺、頑張るから。応援頼みます」

「はい」


リハビリ初日、華はアキラに、松葉づえを使わず手すりにつかまって歩くよう指示をした。

「つえに頼る時間が長いと体のバランスが崩れます。可動域を広げるためにも、なしで挑戦してみましょう」

だがアキラはつえなしではふらつき、すぐに転んでしまう。

「痛《いて》っ」

「最初はつらくても、だんだんよくなっていきます。頑張りましょう」

華が体を起こし、アキラはもう一度歩きだしたが、やはりバランスが保てず倒れてしまう。

「ステージにまた上がるためです。頑張りましょう」

華がまた体を起こそうとすると、アキラが痛がった。

「ちょっと待って！　待って！」

座り込んだアキラを、華は叱咤《しった》する。

「もう弱音ですか？　リハビリテーションは、地道な努力の積み重ねなんです」

「それは分かるけど、君、ちゃんとした知識持ってやってる？」

華は思わず黙り込んだが、アキラはそれ以上追及してこなかった。

「ま、いいや。肩貸して」


その晩から華は、図書館で借りてきた海外の書籍を頼りにリハビリの勉強を始めた。

そんな華に、音が尋ねる。

「そうね、今はいろんな価値観や選択肢のある時代になってきたけど、私はそう思う」

「早々にね……ねえ、お母さん。結婚したほうが幸せだと思う？」

「〝軽い女計画〟はやめたの？」

「どうして？」

「幸せだったからかな……お父さんと駆け落ちして二十歳《はたち》で一緒にここに住み始めて、いろんなことがあった。華が生まれて戦争があって、いろんな喜びや悲しみをお父さんと分かち合ってきた……もしあのとき勇気を出さなかったら、すべてないんだって思うと、怖くなる。一緒だと楽しいよ。華のことを理解し愛してくれる人がそばにいてくれたら、私は、安心」

「……こんな重い女、受け入れてくれる人いるかな？」

音は御手洗に、華のことを占ってもらっていた。

「御手洗ティーチャーが、華は、もう運命の人に出会ってるって言ってたよ。心当たりある？」

アキラはその後も華と共に熱心にリハビリに励んだ。努力のかいあって、徐々に自力で歩ける距離が長くなっていった。

ある日、アキラが一人で歩行練習をしている間に、華はアキラと同室の患者たちへの対応をしていた。

「お変わりないですか？」

眠っている和俊の具合をチヱに尋ねると、笑顔が返ってきた。

「最近、気分がいいみたい。アキラ君が明るい空気を出してくれるからかな。気配りできる優しい子だよ。この前もね、みかんむいてくれたんだけど……丁寧に白い筋のところまで取ってくれてね。あんなにきれいなの、見たことないよ」

「……お薬、置いておきますね」

「華さん。私は、毎日、華さんとアキラさんがうまく行きますようにって神様仏様に拝んで寝てるから」

「私は、何も……」

「そうかい？」

リハビリを頑張り続けたアキラのために、華は銀座の店でアイスクリームを買ってきた。病院の屋上で一緒に食べながら話すうちに、話題は裕一のことになった。

「華さんのお父さんって、有名な作曲家なんだってね。びっくりしちゃった。俺でも知ってるもん。『露営の歌』とか『長崎の鐘』とか……すごいな……家ではどんな人なの？」

「優しい普通のお父さんです」

「ふーん、会ってみたいな～」

「会ってどうするんですか？」

「娘さんをくださいって言うの」

唐突な言葉にきょとんとする華を、アキラはじっと見つめた。

「華さん、俺とつきあってくれない？　君のことが好きなんだ。隣にいると落ち着くんだ」

「そ、そういうの、よくあるんです。患者さんの一時の感情……でも退院すると、そういう気持ちは、なくなります」

「生半可《なまはんか》な気持ちで言ってないから。君の気持ち、聞かせてほしい」


音はこの日、池田と裕一によるミュージカルを見に帝国シアターに出かけた。本番前に楽屋に行くと、裕一は指揮者の衣装のまま譜面を書いていた。今後も公演の予定が詰まっており、池田から台本を渡されるとすぐに曲を書かなくては間に合わないのだ。

大いに公演を楽しんで音が帰宅すると、華が一人で夕食を取っていた。

「指揮するお父さん、かっこよかったな〜、惚《ほ》れ直した」

「はいはい」

華の笑顔を見て、音はピンときた。

「華、いいことあった？」

「さすが鋭い〜、お母様。心配かけました。運命の人、見つかりました――っ」

「……よかった――！　ねえ、どんな人？　何してる人？」

ロカビリー歌手だと聞かされたが、ロカビリーがどんなものなのか音にはよく分からなかった。

翌日バンブーに行き、保と恵にロカビリーについて尋ねてみると、レコードを聞かせてくれた。

「これがロカビリー？」

華の恋人がロカビリー歌手なのだと明かすと、保も恵も驚いた。アキラは裕一に会いたがっているというが、音は、裕一の反応が読めず不安に思っていた。

「普通の男の人でも厳しい目で見そうなのに、同業者のうえにロカビリー……」

それならばまず、裕一にロカビリーを聞かせて反応を見てはどうかと恵は言う。

「よかったら、紹介しても大丈夫じゃない？」

「……いいですね！　やってみます！」


音は早速、ロカビリーのレコードを持ち帰り裕一に聞かせた。だが反応は芳しくなく、仕事から帰った華に報告すると、華が怒りだした。

「なんで勝手なことするの！」

「真面目で仕事一筋な娘の相手が、ロカビリー歌手よ！　慣らしとく必要あるでしょう」

「そうかなぁ……もう……」

アキラは、退院したらすぐにでも裕一に挨拶に来たいと言っている。どうしたものかと母娘で話しているところに電話が鳴った。

電話は、華の勤務先からだった。仕事に追われていた裕一が腹痛を起こし、運び込まれたのだ。

裕一は胃潰瘍の手術を受け、一か月ほど入院することになった。病室は、偶然にもアキラと同じで隣のベッドになった。

手術明けの裕一にいきなりアキラを紹介するのは負担が大きすぎるだろうということで、華は音と相談のうえ、アキラの退院日までの四日間は二人の関係を隠しておくことに決めた。

帝国シアターでの指揮は池田が代理を探し、裕一は退院までゆっくり体を休めることになった。

華はアキラにも口止めをしていたが、嘘が苦手なアキラはどうにも危なっかしい。

「華さんはすばらしい女性で、優しくてかわいくて、いつも一生懸命で——」

裕一の前で華のことを褒めまくるので、華は慌ててアキラの尻をつねって黙らせた。

「霧島さんは、学生？　もう働いてるの？」

裕一に尋ねられ、アキラは焦りながらも何とか嘘をついた。

「と、とび職です」

「じゃあ入院も仕事で？」

「はい。とても大きなビルの建設時に、足場から足を滑らせてしまいました」

アキラの父がとび職なのでとっさに思いついた嘘だった。おかげで仕事について裕一に尋ねられても話を合わせることができた。

その後、昼間は音が病室にいて、ほかの患者との会話が当たり障りのないものに終始するよう努めた。夜になって音が帰ると、アキラはせきが止まらないふりをして、裕一から話しかけられないようにした。

この作戦で、アキラは無事に退院日を迎えることができた。

当日、朝食を食べていると、アキラは裕一に話しかけられた。

「味、薄いね。僕の妻は、八丁みそを使う土地の生まれでね。長い間一緒に暮らしてると、僕の舌もだんだん濃いものが好きになっちゃって」

「すてきな奥様です。元気で明るくて、若々しくて」

「ありがとう。僕もそう思う」

「ごちそうさまです」

そこに、アキラのバンドのメンバー三人がそろってやって来た。

「朝から悪《わり》い。急ぎの話があんだ。いい？」

アキラは三人を連れて病室を出た。するとチヱが裕一に声をかけてきた。

「お聞きになったほうがよいかも、彼らの話」


迷ったが、裕一はチヱの言うとおりにした。とび職のはずのアキラは、訪ねてきた三人からクビだと言い渡されていた。

「新しいボーカルと組めば、レコード会社は契約するって言ってるんだ」

「何だよ！　それ！　そいつを売り出すため利用されてんだよ！　お前たち、バックバンド扱いだぞ！　それでもいいのか⁉」

「分かってるよ……それでも契約が欲しいんだ！」

「ロカビリー極めようって誓ったじゃないか……」

「プロになる、またとねえチャンスなんだ。分かってくれ」

大きくため息をついて、アキラは口を開いた。

「……分かった。頑張れ！　俺もお前たちに追いつけるように頑張る！」


ひそかに聞いていた裕一が病室に戻ろうとしていると、華がやって来た。

「華……二人で話せる場所あるか？」

華は院長室を借りて、裕一の話を聞くことにした。

「華は、アキラ君のことが好きなのか？」

「……どうして？」

「チヱさんから聞いてな」

慣れない嘘をついた華は、チヱに口止めをするのを忘れていた。

「……私は、霧島アキラさんと結婚を前提におつきあいしたいと思ってます」

「そうか……とび職人のか？　ミュージシャンのか？」

「え？」

「まあいい。彼に伝えてくれ。僕が退院したら会おう。そのとき、一曲、華のために書いてくれって。彼の気持ちが本物か知りたい。華への愛情も音楽への愛情も、どちらも見極めたい」

数々のヒット曲を生みだした裕一に、アキラは自作の曲を聞かせなくてはならない。あまりに厳しい課題に、華は暗澹《あんたん》とした気持ちになった。

最終章　皆のエール

裕一に言われたとおり、アキラは曲を書き上げて古山家にやって来た。

ガチガチに硬くなったアキラは、居間で待っていた裕一に丁寧に挨拶をした。

「このような機会を頂き、ありがとうございます。霧島アキラです。よろしくお願いします」

アキラの隣に華が、裕一の隣に音が座ると、重苦しい沈黙が流れた。華はたまらず、目顔で音に助けを求めた。

「まあ、堅苦しいのも何ですから、甘いものでもまずつまんで……」

「いただきます」

アキラは、音が出した羊羹を一口大に切ろうとしたが、うっかり畳の上に転がしてしまう。

「申し訳ありません」

慌てて羊羹を拾い、もぐもぐと食べるアキラを見て、音はわざと大笑いした。

「ハハハ、アハハハハハ、アキラさん、おもしろい人ね～」

だが裕一は眉一つ動かさない。

アキラは、居ずまいを正して本題に入った。

「華さんは私が出会った中で、最高にすばらしい女性です。私は、華さんを愛しています。一生添い遂げたいと望んでいます。どうか結婚を前提とした交際をお許しください」

アキラが頭を下げ、華もそれに続くと、裕一が口を開いた。

「お引き取りください。娘はあなたにやれません」

「どうして？」

華が問うと、裕一は冷静な口調でアキラに尋ねた。

「音楽で稼いだ収入はいくらありますか？　今の収入で、家族を養えますか？」

アキラは首を横に振った。

「音楽で食えるようになってから、出直してください」

言い放って裕一は席を立とうとしたが、音が黙っていなかった。

「お父さんも、何もなかったけどね。私にプロポーズしたとき、音楽の収入ゼロだったよ」

「……銀行で働いていた。収入はあったよ」

この反論には、華も納得しなかった。

「音楽で稼いでないなら、アキラさんと一緒じゃない」

「一緒じゃない！　僕はそのとき賞をもらっていた。レコード契約だってあった！」

「あれは、私が取ってきたの！」

音は攻撃の手を緩めず、若き日の裕一の実態を語りだす。

「その契約金だって、レコード売れない、というかレコードにもならないから、実質借金だったし。『船頭可愛いや』が売れるまで、却下された曲は……百曲くらい？」

「二十一曲だよ！」

慌てて訂正する裕一に向かって、アキラが言う。

「すごいです！　百曲却下されても、作り続けるなんて」

「二十一曲だって！」

「いずれにしろ、お父さんと今のアキラさんって大差ないってことじゃないの？」

「人気ある分だけ、アキラさんのほうがましかも！」

勢いづく娘と妻に対抗しようと、裕一は話の方向を切り替えた。

「華、冷静になれって。よ〜く見ると、どこにでもいる顔だぞ。女性関係も心配だ……。これまで何人の女性とつきあってきた？」

「……十二人です」

これには、アキラの味方のはずの音も仰天した。

「その十二人の方たちとは、真剣な交際だったの？」

「いえ、遊びの人もいました」

正直すぎるアキラの返答に、今度は裕一が勢いづく。

「人気商売の人と結婚することは、不安定な収入と、乱れた愛憎劇に巻き込まれる可能性が高い。もっと普通にいい人がいる。華には、打ち込める仕事もある。焦ることはない」

「ちょ、ちょっと待ってください。確かに僕はたくさんの女性とおつきあいがありました。モテることを楽しみ、遊ぶことに喜びを感じていた時期もあります。そんな経験があるからこそ、華さんのすばらしさに気付きました。華さんは特別です。華さんを僕にください」

「アキラさん……」

感激する華の顔を、音が強引に自分のほうに向けさせた。

「だまされちゃだめよ。モテる男の常套句《じょうとうく》だわ。私、昔、歌のために、水商売をしたことあるの。君は特別だって言葉を信じちゃだめ。モテる人は、みんなに言ってるから」

「言ってません！　華さんだけです！」

「いつの間にか、三対一だ。アキラ君、諦めよう」

裕一に言われても、アキラは引き下がらない。

「僕の歌を聞いてください。過去に弁解はしません。頼みます。歌を歌わせてください！」

「もう諦めなさい」

「嫌です。頼みます。この日のために作ってきました。お願いします！」

アキラが土下座をすると、裕一はしぶしぶ受け入れた。

「……一曲なら」

「ありがとうございます！　華さんを思って作りました。聞いてください」

アキラはギターを弾きながら、自作の歌を歌いだした。熱い思いが籠もった歌声に華は涙ぐむ。

音が様子をうかがうと、裕一はかすかに笑みを浮かべていた。

アキラは情感たっぷりに歌い終え、顔を上げた。すると、泣いていたはずの華が笑いだした。

「キャハハハハハハ」

音も一緒になって笑い転げている。熱を入れ過ぎたせいか、アキラは鼻血を出していたのだ。

「華、手当てしてきなさい」

裕一に言われて、華はアキラを連れて居間を出た。

二人きりになると、裕一は音に尋ねた。

「歌、どう感じた？」

「本気……感じました。……彼が普通の仕事してたら、おつきあい許しましたか？　何日間か病室を共にして、彼のこと、どう思いましたか？」

黙ったままの裕一に、音はいれ直したお茶を差し出した。

「私たちのときも反対されました。あのとき、キスが見つからなかったら……お母さん、許したかどうか……」

「大反対だったもんね。どうしてだったんだろう？」

「私と裕一さんの才能の差を見抜いてたのかも。一緒にいると、私がつらくなるって心配して……。それか、単純に裕一さんが不安だったか？」

「アハハ、そっちだよ、絶対。あのときの僕は何も持ってなかったもん……よく許してくれたよね」

「ほんと、今でも『汽車は走りだしました。もう止まれません』って……お母さんの言葉、時々思い出す」

「あれね。あれで父さんも急に、『任せとけ！』って、乗せられちゃって、ま、その性格のせいで、うちは借金重ねたんだけど……音は、賛成なの？」

「……引っ掛かるところはあるけど、さっきの歌を聞くと……『頭はだめって言っとるけど、心が行けって叫ぶの！』ってなっちゃう」

音の思いを聞き終えると、裕一は大きく息を吐く。

「いつの間にか昔の自分を棚に上げて、安心とか幸せって言葉を隠れみのに、大切な何かを見落としてるのかな……」

「何かって？」

「……自分の娘を信じる気持ち。父さんも光子さんも、あのとき、僕たちのことを信じる気持ちだけで許したのかもって」

「最後は、駆け落ちを許してくれたんだもんね、文通しかしてない私たちを……」

「……二人、遅いな」

不意に裕一は、華とアキラが気になった。結婚を認めてもらおうと必死だったあの日、裕一と音は、光子と三郎が席を外した隙に初めてのキスをした。

もしや華たちも？　と血相を変えて裕一が居間を飛び出していくと、華とアキラは廊下にいた。

「お、遅かったね」

「なかなか血が止まらなくて……それで、どうしよう」

内心ほっとしつつ、裕一は再びアキラと華を座らせた。

「アキラ君。どうして華なんだい？」

「華さんを、病院でずっと見てきました。彼女はいつも誰に対しても優しく誠実でした。頑張るのがてれくさくて苦手な私さえも、華さんがそばにいると、素直になれます。努力家で裏表のない人柄は、掛けがえのない宝物です。華さんを私にください。必ず一生を懸けて幸せにします」

「……華は、なぜ、アキラ君なんだ」

「私、人の気持ちを心配し過ぎるんだ。渉さんのときもいつもそうだった。それで重いって……なる。アキラ君は、この調子だから、そういうの飛び越えてくるの。自然でいられるの」

「彼のことを信用できるか？」

「はい」

迷いなく華が答えると、裕一は黙り込んだ。

「裕一さん」

気持ちを確かめようと音が呼びかけると、裕一は黙ってうなずいた。

すると音は居間から出ていき、ロザリオを手に戻ってきた。

「アキラさん、華を幸せにするって誓って」

突然のことに驚きつつ、アキラは誓いを立てる。

「私は華さんを一生幸せにすると誓います」

「華」

「私はアキラさんを一生幸せにすると誓います」

かつての自分たちを見ているようだと、裕一は思った。

「懐かしいね……」

そして裕一は、華が待ち望んだ言葉をようやく口にした。

「アキラ君、娘をよろしく。華、幸せになれよ」

音はロザリオを寝室の小物入れに大切にしまっていた。先年亡くなった光子の形見の品として受け継いだのだ。小物入れに戻す前に、音はロザリオを握りしめて亡き母に語りかけた。

「華は幸せになれそうです。お母さん、ありがとう」


アキラと華は、ライブハウスで結婚パーティーを開くことにした。

両家の親と華の同僚たち、保や恵らが集まると、ステージ上からアキラのバンドでドラムを務める根来《ねごろ》が呼びかけた。

「ご来賓の皆様……お席にお着きください」

根来たちは、一度はアキラを切り捨てる決断をしたが、やはりアキラをボーカルとして活動を続けようと思い直していた。

「ここで初めてのライブをやりました。こいつは終わったあと、楽屋でおんおん泣いてました。アキラはいいやつです。正直、デビュー前に、所帯持ちのボーカルって、人気の面で少々不安ですが、華さんに会って納得です。俺らは音楽で勝負します！　アキラ、おめでとう！」

客席から拍手が起こり、アキラはステージ上から、ドレス姿の華に視線を送った。二人がうなずき合うと、根来がカウントを取り、軽快なロカビリーの演奏が始まった。

アキラは熱唱し、客席では皆が踊りだした。笑顔があふれる会場内にアキラの歌声が響く。

演奏が終わると、大きな拍手と歓声が湧き起こった。

「ありがとうございます。それではここで、華さんのお父さん・裕一さんにひと言頂きましょう」

アキラに促されて、裕一は緊張の面持ちでステージに上がった。

「華は、うちの寝室で生まれました。妻の『ぎゃーっ』という絶叫のあと、小さな泣き声が聞こえました。うれしくて、いとおしくて、初めて抱いた手の感触は、今でも鮮明に覚えています……あの日から今日まであっという間でした。親として、娘が旅立つこの日を、心待ちにしていたはずなのに、しなきゃいけないはずなのに、たまらなく寂しい……すいません。おめでたい席なのに……お父さんは、華が娘で幸せだった。ありがとう、華」

父の言葉に、華の瞳から涙があふれた。

そんな華を、音は優しく見守っていた。

パーティーのあと、裕一と音は二人で帰宅した。玄関に入るなり、裕一がつぶやいた。

「俺たちの人生も終わりに近づいたな」

「そうですか？　私は、まだまだある気がしますよ」

けろりと言って音は家に上がっていく。そんな妻を見て、裕一の顔がほころんだ。

「音は、やっぱり、いいな」

その後、アキラのバンドはレコード会社と契約をし、ロカビリーブームの波に乗って人気を得ていった。

長期入院していた和俊は無事に退院の日を迎え、チヱと共に病院を後にした。

華とアキラの間には男の子が生まれ、裕太《ゆうた》と名付けられた。母になった華は、仕事を辞めるかどうか悩んだが、音の勧めもあって続けることにした。音は、華の勤務中は裕太の世話をし、久しぶりに子育ての喜びを味わった。

裕一は『君の名は』以降も、自分でも覚えきれないほど多くの曲を書いた。ＮＨＫの「連続テレビ小説」が始まった昭和三十六（一九六一）年には、林芙美子《はやしふみこ》の原作を池田・裕一コンビが舞台化した『放浪記』が上演された。主演の森光子《もりみつこ》の熱演が話題を呼び、『放浪記』はその後二〇一七回も公演を重ねる伝説の作品となった。


池田は裕一に負けず劣らず精力的に仕事に励み、ブロードウェイミュージカルの『サウンド・オブ・ミュージック』も手がけたいと、裕一に構想を語った。

裕一は『私のお気に入り』『ドレミの歌』等の『サウンド・オブ・ミュージック』の劇中歌の出来栄えに感服した。

池田に渡された譜面を持ち帰ると、それを見て音が歌いだした。

「世界にはすばらしい曲を書く人がいるね」

裕一はしみじみと言う。

「リチャード・ロジャースか……すごいな、世界の人を感動させるなんて」

「きっと裕一さんの曲も世界に届く日が来るよ」

「僕が？　もう五十歳だよ……まさか……」

だが音の予感は当たった。

ある朝、スーツ姿の男性三人が、古山家を訪ねてきた。

「朝早く突然の訪問、失礼します。日本政府を代表して参りました。先生に東京オリンピックのオープニング曲を書いていただきたい」

玄関でそう切り出され、裕一は驚きのあまり、その場に座り込んでしまった。

「いかがでしょうか？」

「や、やります……やらせていただきます！」


一九六〇年代、日本は高度経済成長の最盛期にあった。東京オリンピックに向けインフラの整備は急ピッチで進められ、東海道新幹線が開業し、首都高速道路が開通した。エネルギーは石炭から石油へと変わり、海外旅行が自由化された。またビートルズの来日をきっかけにグループサウンズが大流行した。

カラーテレビも発売され、古山家もオリンピックをカラーで見ようと購入した。

「わあー、色つき、すごい」

居間に置かれたテレビを見て裕一が喜んでいると、音が尋ねた。

「オリンピックの曲はどう？」

「まだ……かな。ほかの仕事も忙しいし」

「一年後開幕だよ。締め切りはそれよりだいぶ前でしょう？　大丈夫？」

すると裕一は、返事もせずに書斎に行ってしまった。

一人残された音がテレビのチャンネルをひねると、三波春夫《みなみはるお》が大ヒット中の『東京五輪音頭』を高らかに歌い上げていた。

「相談してみようかな……」

画面を見つめて、音はそうつぶやいた。


その後、音は木枯に連絡を取った。『東京五輪音頭』は木枯が作曲していたため、裕一のことを彼に相談しようと思いついたのだ。

バンブーで久しぶりに顔を合わせると、音は木枯に、裕一が期待に応えられるかどうか不安だと語った。

「裕一さんには、どうしても成功してもらいたいんです」

「古山は、どんな様子?」

「大丈夫、任せとけ、ここにはあるんだって」

頭を指して音は答えた。

「じゃあ、あるんだよ」

「あるなら、どうして書かないのかなって……」

「僕らの仕事って、出しちゃうと、消えちゃうの。だからたぶん、自分の中で楽しんでるんじゃないかな。日本の音楽家の中で、ただ一人の栄誉だから、いい気分を終わらせちゃうのは、もったいないって……」

「それならいいんですけど……」

「もしくは、最後のピースを探してるかもね……」

この日は古山家に鉄男が訪ねてきていた。

「オリンピックのこと聞いだ。よがったな。誰よりも藤堂先生が喜んでんだろな」

「聞いてもらいたかったな……」

「任せとけ。当日は俺がラジオ持って墓参りすっから」

「……ありがと」

そこに、音が客を連れてやって来た。

「木枯君」

その晩は、裕一、音、鉄男、木枯の四人で鍋を囲んだ。あれこれと話をするうちに、話題は鉄男がおでん屋をしていた頃のことになった。

「みんなで集まって、愚痴ばっかり吐いてたよね～」

裕一が昔を振り返ると、木枯も懐かしそうに答える。

「あのころの裕一は自信なかったけど、今や大先生だ」

すると鉄男が口を挟んだ。

「いやいや、木枯さんには比べ物になりませんよ。『東京五輪音頭』、しびれだな～。何万枚、いや何十万枚のヒットでしょ？」

木枯は返事の代わりに黙って上を指さした。もう一桁上だというのだ。

「羨ましい～」

音が思わず心の声を漏らすと、鉄男が笑いだした。

「ま、裕一には裕一のよさがある。お前の歌は流行《はや》りもんじゃない。ずっと残る音楽だよ」

「そう、俺は売れる音楽。お前は残る音楽」

「木枯さんは売れて残ります」

鉄男が言うと、音は木枯のヒット曲を次々に挙げていった。

「『丘を越えて』『酒は涙か溜息か』『東京ラプソディ』『無法松の一生』……」

「音さん、俺と木枯さんの『湯の町エレジー』、忘れちゃ困んな」

音が『湯の町エレジー』の一節を歌うと一層場が盛り上がり、裕一の顔がほころんだ。

「今日は楽しいな〜。出会って何十年もたつけど、みんなそれぞれ活躍してるなんて奇跡だよ」

「その俺たちの集大成がオリンピックだがらな、裕一、頼むぞ」

鉄男の励ましに、裕一はしっかりとうなずく。

「久志さんと藤丸さんも呼ぶ？」

音の提案に裕一も賛成した。電話をすると久志たちもやって来て、その後も宴《うたげ》は続いた。遅くまで大いに飲み、語り合って、いつの間にか皆、書斎で眠ってしまった。

翌朝、音が目覚めると、先に裕一が起きており、酔いつぶれた仲間たちを見ていた。

「起きてたの？　盛り上がったね〜」

「木枯君に相談したでしょう？」

「勝手なことしてごめん。不安だったんだ……」

「何て言ってた？」

「生む楽しみを先延ばししてるか、最後のピースが見つからないかって」

「さすがだね……どっちも正解。僕は、日本で行われるからって、日本古来の音楽を取り入れたり、復興を高らかに叫ぶマーチには、したくなかった。もっと普遍的な世界中の人が心高鳴る音楽にしたかった。そう心に決めたら、毎日あふれんばかりの音が僕の中に降ってきたけど……何か、足りなくて、書き出せなかった」

「その何か……見つかりそう？」

「……今日、見つかったよ」

裕一は、眠り続けている鉄男たちに目をやった。

「いつ会っても出会った頃のように騒げる仲間がいるなんて、これ以上の幸せがあるかな……何よりも尊いのは、人と人のつながりだ。僕はそれを曲に込める……どう思う？」

「もう……待ちきれません！」

オリンピック開会式当日、古山家のカラーテレビの前には華、アキラ、裕太、保と恵、智彦と吟、そして御手洗が集まった。

テレビの放送が始まる前から、御手洗は感極まって泣いていた。

「豊橋の小さなレッスンルームで出会った青年が、まさかこんなになるなんて……」

「裕一さん、緊張してたんじゃない？」

恵が尋ねると、華はくすりと笑った。

「尋常な緊張ではなかったです」

着替えを済ませて出かけようという段になると、裕一は緊張のあまり普通に歩くことさえできず、つまずいていた。

「音〜、音〜、助けて〜、足がつった」

大騒ぎしていた裕一を思い出して華が笑い、アキラはテレビ画面を指さして裕太に語りかけた。

「裕太。おじいちゃん、おばあちゃん、あそこいるんだよ〜」


福島の裕一の実家では、浩二が苦労して居間から仏壇の前にテレビを運んでいた。

「どしたの？」

驚くまき子に、浩二が答える。

「兄ちゃんの晴れ舞台《ぶだい》、二人に見せだいがら」

仏壇には、三郎とまさの遺影が仲よく並んでいる。

「遺影、居間に持ってくればよがったのに……」

言われてあぜんとする浩二に、まき子が明るく声をかけた。

「ま、いいが、見よ見よ。信一《しんいち》！　信二《しんじ》！」

呼びかけると双子の男の子がやって来た。親子四人は、そろってテレビを見つめた。


そのころ、裕一と音は、国立競技場の控え室にいた。係員が貴賓席に移動するようにと知らせに来たが、裕一はまだ緊張が解けずにいた。

「少しだけ時間ください。気を落ち着かせます」

そう言って飛び出していくと、裕一はトイレに閉じこもってしまった。何とか音が連れ出してもふんぎりがつかなかった裕一だが、偶然その場に居合わせた警備員が裕一の心を動かした。長崎の出身だという警備員は、裕一が作曲した『長崎の鐘』に生きる希望を与えてもらったと語ったのだ。


昭和三十九（一九六四）年十月十日。秋晴れの空の下、東京オリンピックが開幕した。

貴賓席に座る裕一と音がテレビに映ると、古山家に集まった一同は大いに盛り上がった。

鉄男は裕一と約束したとおり、藤堂の墓の前で開会式のラジオ放送を流して手を合わせていた。

裕一と音は、世界に向けて高らかに響く『オリンピック・マーチ』を聞きながら、共に歩んできた長い、長い道のりに思いをはせていた。


開会式が終わり、控え室に戻ると、裕一は安堵のため息をついた。

「どうだったかな？」

尋ねる裕一の瞳をまっすぐに見て、音が答える。

「最高でした」

十五日間にわたって行われた東京オリンピックは、敗戦のどん底から復活を遂げた日本を象徴するかのような大成功を収め、多くの国民に勇気と希望を与えた。


それから一か月後、小山田の秘書から裕一に電話があった。電話を切った裕一の様子にただならぬものを感じて、音が尋ねた。

「どうしたの？」

「小山田先生が亡くなられたそうだ。明日、僕宛ての手紙を秘書の方が届けに来てくれる」

翌日訪ねてきた秘書は、小山田が亡くなる三日前に書かれたものだと言って、裕一に手紙を渡した。

「先生は、出すべきかどうか迷われていました。今日持ってきたのは、私の判断です」

裕一はその場で封を開け、読み始めた。

『久しぶりだね。活躍いつも拝見していました。映画も舞台もよく見に行きました。君の音楽に触れるにつれ、ようやく私は分かったことがある。

私は音楽を愛していた。

君は音楽から愛されていた。

今思えば、それが悔しくて恐ろしくて、君を庶民の音楽に向かわせたのだろう。愚かだった。もしあのとき、嫉妬を乗り越え応援していたら、君はクラシックの世界で才能を開花させていたはずだ。私は己のエゴのために、君という才能と共に愛する音楽を冒瀆《ぼうとく》してしまったのだ。後悔の念はずっと私につきまとい、私の心をむしばんだ。

君がオリンピックの入場行進曲を書くと聞いたとき、私は安堵し、心の底からうれしかった。死の間際で君の『オリンピック・マーチ』を聞いた。日本国民は、誇らしく思っただろう。音楽の深淵《しんえん》を知る曲だ。期待に応えた君に、国民を代表して最大の賛辞を贈りたい。ありがとう。最後に気が引けるが、どうか私を許してほしい。音楽を愛するがゆえの過ちだ。道は違えど、音楽を通して日本に勇気と希望を与えてきた同志として、今度は語り合いたい。私は先に行く。こちらに来たら声をかけてくれ。　小山田耕三』

晩年の小山田は、よく裕一の歌を聞いていたという。

「和声の工夫やメロディーの独創性を、ほかの流行作曲家とは一味違うとうれしそうに語ってらっしゃいました。どうか、先生をお許しください」

「小山田先生の本で僕は音楽を勉強しました。天国でお話しするのが楽しみです」

「ありがとうございます。いつも古山先生の前では、しかめっ面でしたが、笑顔は子どもみたいにチャーミングです」

「音楽の話を一晩中語り尽くします」

小山田の手紙からさらに力を得たかのように、裕一はオリンピック後も池田とのコンビで数々の舞台音楽を手がけていった。

そんな日々が十年ほど続いた頃、池田が病に倒れ、緊急入院した。

裕一が見舞いに行くと、池田は入院中だというのに次の作品の構想を話し始めた。

「次はなぁ、オペラ」

「オペラ……いつかはやってみたかった」

「と、思ってな。その力を思う存分発揮できる晴れ舞台作るから待ってろ！」

しかし、その約束は果たされることはなかった。数か月後、池田は帰らぬ人となった。盟友を失った裕一は、何度かほかの人との仕事に取り組んだが情熱は戻らず、時折頼まれる校歌やテレビ出演をこなす程度で、作曲家としての第一線から退いていった。

池田の死から五年の時が過ぎた。

裕太は大学を卒業し、裕太の妹の杏《あん》は高校生になる。

孫たちの成長を喜びとしてきた音は、乳がんを患い、長い闘病生活に入っていた。今は東京を離れ、豊橋の海の近くの高台に建つ保養所で裕一と静かな日々を過ごしている。

ある日、広松寛治《ひろまつかんじ》という若者が、裕一に会いに保養所を訪ねてきた。

「本日はお時間頂き、ありがとうございます」

礼儀正しく挨拶をした広松は、大学で音楽を学び、将来は作曲家を目指しているのだという。

「日本の音楽の歴史、特にクラシックを勉強する中で、先生のことを知りました。一般的に先生は、戦時歌謡や流行歌で知られていますが、実はもともとはクラシックの作曲家を目指してたと伺いました。どうしてクラシックを捨て、流行歌の世界に身を投じられたのですか？」

「最初はね、生きるためでしたよ。でもね、今はクラシックとか流行歌って区別は、僕の中にはありません。全部音楽です」

「そうですか。すばらしいお言葉です。私も先生のように、舞台や映画の音楽から流行歌まで幅広い曲を作れる作曲家を目指しています」

「君みたいな若者がいてうれしいです。頑張ってください。で、今日の用件は？　聞きたいことがあるとか？」

「先生の曲の中で私がいちばん好きな『イヨマンテの夜』には、流行歌ながら、ムソルグスキーの『蚤《のみ》の歌』やグリーグの『ソルベーグの歌』に匹敵する音楽性豊かな叙情性があります。それに比べて今の歌謡曲は、安易で音楽性のかけらもありません。日本の音楽を豊かにするには今こそ先生の力が必要です。なのに、なぜお元気なのに曲を書かれないのか？　その謎を聞きに参りました」

「僕はね、歌詞や土地や人と出会って、そこから浮かんだものを譜面に書き込んできました」

「では、今は……もう音楽は先生の中にはないと？」

「いえ、毎日、毎日、あふれてます。花を見ても、海を見ても、妻とのたわいもない話の中でも、音楽は常にあります」

「私は心から先生の豊かな音楽を聴きたい。できればいま一度大作に挑戦していただき、われわれ若い世代に正しい道をお示しください」

「……僕はね、人の力になるために、たくさんの音楽を作ってきました。……だからもう、僕の中にある音楽を、僕だけで楽しみたいんだ……だめかな？」

　そう語る裕一を、音は穏やかな顔で見つめている。

「……このままでは、先生のお名前をみんな忘れてしまいます。私はそれが悔しい」

「人が生まれてから、音楽はずっと人と共にある。音楽は人を癒やし、励まし、勇気づけ、力になる。僕の役目は終わった。次は君たちが担ってくれ」

裕一の言葉を時間をかけてかみしめたあと、広松はうなずき、立ち上がった。

「先生のお名前はなくなっても、先生の曲は永遠です。われわれにすばらしい音楽を届けていただき、ありがとうございました」

深く頭を下げて、広松は去っていった。

「情熱のある若者でしたね」

「ああ、彼らの世代が、また新しい音楽を紡いでくれるよ」

「楽しみですね」

「寒くないかい。窓閉めようか？」

「……裕一さん……海が見たい」

「体に障るよ」

「海が、見たい。あなたと出会ったときみたいに、海を駆け回りたい。一緒に海を見つめたい。歌を歌いたい」

「……分かった。行こう」

歩くこともおぼつかない音の体を支えて、裕一は歩きだした。ゆっくり一歩ずつ、出口に向かって二人は歩いていく――。

そうするうちに、不思議なことが起きた。部屋の中にいたはずの二人は、気付けば砂浜を歩いていた。音は足取りが力強くなっていき、やがて裕一の手を離れて駆け出した。

夢を見ているのだろうか？　裕一も音も、出会った頃の若々しい姿に戻り、波打ち際で追いかけっこをし、水をかけ合ってはしゃいだ。

海辺にはオルガンがあり、裕一が弾くと、音が歌いだした。

波の音とオルガンの音色。そして、裕一が愛し続けた音の歌声とが、一つに溶け合っていく。

心地よさそうに音が歌い終えると、裕一はそばに行き、胸にあふれる思いを伝えた。

「君がいなかったら、僕の音楽は生まれなかった……ありがとう」

「私、あなたのそばにいられて幸せでした」

音は、裕一の手にそっと自分の手を重ねた。

「ありがとう」と音が言うと、裕一は音の手を握る。

笑みを交わし、手をつないで海を見つめると、穏やかな波の音が二人を包み込んだ。

音楽と共に生きてきた二人は、海が奏でる優しいメロディーに身を委ねた。


（了）

本書は、連続テレビ小説「エール」第十四週～第二十四週の放送台本をもとに小説化したものです。番組と内容・章題が異なることがあります。ご了承ください。

DTP　NOAH
校正　唐作桂子

林 宏司（はやし・こうじ）
二〇〇〇年に脚本家デビュー。医療や経済をテーマにした社会派ドラマや、推理サスペンス、ラブストーリー、ホームコメディなど、様々なジャンルのドラマや映画の脚本を手がける。主な作品に、「ハゲタカ」「スニッファー 嗅覚捜査官」「離婚弁護士１、２」「医龍１〜３」「コード・ブルー 〜ドクターヘリ緊急救命〜１、２」「ＢＯＳＳ１、２」「アイムホーム」「ドロ刑〜警視庁捜査三課」など。

清水友佳子（しみず・ゆかこ）
二〇〇〇年に脚本家デビュー。社会派作品からミステリー、ラブストーリー、コメディまで幅広いジャンルのドラマ・映画に携わる。主な作品に、ドラマ「わたし、定時で帰ります。」「リバース」「夜行観覧車」「今夜は心だけ抱いて」「ポイズンドーター・ホーリーマザー」、映画「手紙」、アニメ「イタズラなＫｉｓｓ」など。

嶋田うれ葉（しまだ・うれは）
二〇〇九年に脚本家デビュー。ミステリー、ヒューマンラブストーリーをはじめとした、さまざまなジャンルの映画・ドラマを手がける。主な作品に、ドラマ「隠蔽捜査」「アラサーちゃん」「全力失踪」「ダイアリー」「ベビーシッター・ギン！」「リカ」、映画「夕陽のあと」など。

吉田照幸（よしだ・てるゆき）
ＮＨＫエグゼクティブ・ディレクター。一九九三年入局。主な演出作品に、「サラリーマンＮＥＯ」シリーズ、「となりのシムラ」、連続テレビ小説「あまちゃん」、「富士ファミリー」「獄門島」「悪魔が来りて笛を吹く」「弟の夫」、映画「探偵はＢＡＲにいる３」など。

ＮＨＫ連続テレビ小説
エール（下）

二〇二〇年十月三十日 第一刷発行

著者 原案 林 宏司
作 清水友佳子 嶋田うれ葉 吉田照幸
ノベライズ 中川千英子

発行者 森永公紀
発行所 ＮＨＫ出版
〒一五〇-八〇八一 東京都渋谷区宇田川町四十一-一
電話 〇五七〇-〇〇九-三二一（問い合わせ）
〇五七〇-〇〇〇-三二一（注文）
ホームページ https://www.nhk-book.co.jp
振替 〇〇一一〇-一-四九七〇一

印刷 亨有堂印刷所、大熊整美堂
製本 二葉製本

JASRAC 出 2008102-001
Printed in Japan
ISBN978-4-14-005710-0 C0093